敦煌往事书

Dunhuang Wangshi Shu

高野 著

时代出版传媒股份有限公司
安徽文艺出版社

图书在版编目（ＣＩＰ）数据

敦煌往事书/高野著.—合肥：安徽文艺出版社,2020.1（2022.5重印）
ISBN 978-7-5396-6570-2

Ⅰ．①敦… Ⅱ．①高… Ⅲ．①长篇小说－中国－当代
Ⅳ．①I247.5

中国版本图书馆 CIP 数据核字(2019)第 020013 号

出 版 人：段晓静
责任编辑：宋晓津　　　　　　　装帧设计：徐　睿
....
出版发行：时代出版传媒股份有限公司　www.press-mart.com
　　　　　安徽文艺出版社　　www.awpub.com
地　　址：合肥市翡翠路 1118 号　邮政编码：230071
营 销 部：(0551)63533889
印　　制：北京一鑫印务有限责任公司　　　　（010）61424266
....
开本：880×1230　1/32　印张：7.125　字数：180 千字
版次：2020 年 1 月第 1 版　2022 年 5 月第 2 次印刷
定价：32.00 元
....
（如发现印装质量问题，影响阅读，请与出版社联系调换）

目录
Contents

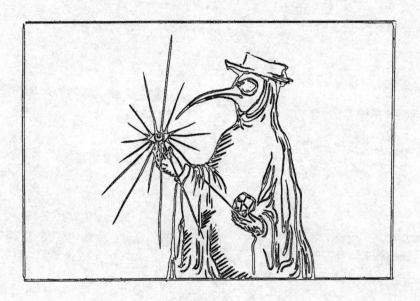

盂兰盆节

盂兰盆节那一天，敦煌上空悬起了几朵鸦青色的云。

天刚蒙蒙亮，昨夜的雨喂饱了大泉河，让它变得如同白羊羔一样光洁温驯，不停絮絮低语。这时，自作多情的人们往往就会想，雨云正是为了打扰人们今晚放河灯而飘来的。年轻画师明月奴一夜听着河流涨水的声音，还以为是李三郎趁着他睡得迷迷糊糊的时候，在胡乱地翻他先前理好的画稿。在睡梦中他已计划好，一醒过来就跟李三郎理论，正如他在睡梦中已计划好如何在最近兴建的小佛窟东壁画些什么一样。可当他真的揉着眼睛醒来，看见李三郎非但没有翻他的东西，甚至还没有醒，气就全消了，反倒亲热地摇起熟睡中的李三郎的肩膀：

"三哥，三哥，咱们走吧，五更天都过啦！"

因为节日的缘故，两个小伙子得了几天空闲，准备骑上马，往沙州城的集市里去，盘算着晚上再回到千佛洞这里看河灯。

他们出门时，下面那一个住人的窟里传来窸窸窣窣的声音。看到明月奴的身影在阶梯上晃动，那窟里探出一个燕子般黑黑的脑袋。明月奴心里清楚这人在说什么,就故意把脚往木头阶梯上狠狠一磕,梯子下的崖壁扑簌簌向下落土,落了那人一头一脸,呛得他不停咳嗽。

画师们常议论,杨武龄师父那样和善,怎么把大徒弟教成了这个德行。最为平常的一种说法是,正是杨老头太过好脾气,从不给徒弟吃板子,才把他惯得好比出笼的长毛狮子一样跋扈,比没穿鼻绳的骆驼还骄横。他们一边说着,一边琢磨如何用新鲜柳条去抽学徒的手心。

还有一种说法更恶毒些,不过也的确触到了更为黑暗幽微的生命之源:明月奴是个杂种。杂种就是那些头系轻丝发带、腰悬羊脂美玉的贵族老爷在他们文绉绉的语言里称为"庶子"的不速之客,那种常常被胆战心惊的姑娘们扔到疏勒河的芦荻丛里自生自灭、谁也不欢迎的东西。

可是,在这个天空低矮湛蓝好似佛窟穹顶、房屋单薄洁白如同供桌上的琉璃宝塔的地方,常常是杂种出好汉,也许明月奴只是尽了一个杂种的本分而已。更为过分的是,他竟还是胡女的儿子。而胡人,胡人能是怎样的呢?胡人多是凶恶、野蛮,连小手指都散发着狗一般的膻味,经常在酒肆里喝得烂醉又赖账不还的货色。明月奴虽然从没喝醉过,但是他的确爱逛小酒馆。踏歌、斗鸡、飞卢击鞠,他都非常爱玩,也都是好手。

"瞧着吧!"刚被落了一脸灰土的泥塑匠董兴愤愤然,"他一准会闯出祸来！就是这样。"他抖了抖肩膀，洒落一地灰土，"这狗崽子迟早会被抓到班房里去。"

"你们还记得请杨画师为新窟作维摩诘经变画的供养人吗？"董兴朝身边的人说道。

几位画师都还记得那家人，他们是本地望族曹氏的支系，家里有两位女公子：大些的那个相貌平平；小的那位名叫襄娘，十五六岁，画着短短的蛾眉，眉心一点朱红的花钿，美艳里却透出几分戾气。据说这家父亲正是为了她来建窟祈福的，姑娘生来就得了一种怪病，经常陷于睡梦中，时常要用细针将十指都扎出血才能苏醒，有时明明眼睛睁着，却始终唤不醒，家人只能看着她在庭院里一圈一圈地徘徊。

"当时画维摩诘的正是明月奴，而且你猜怎么着？他把维摩诘大士画得和自己有八分像，这襄娘看了心生爱慕，当晚趁着父母和姐姐睡着，就跑去跟他相会。"

画师们半信半疑。

"怎么，你们还不相信？我当天回来得晚，在拴马的时候就看到后山有两个人影，一个梳着发髻，大概是那姑娘，另一个，大概就是明月奴那乞索儿。"

听者们纷纷起身，不愿再听这老套故事，直到董兴说道，事实远比故事可怕。出于某种不为人知的原因，那位姑娘在这次佛窟之行后，病情非但没有好转，反而加重，回到沙州城就去世了。

"你们以为，曹家建的佛窟里，新开的一个小窟是为了什么？那是为了死去的襄娘往生。我要是这家父亲，是绝不会把佛窟还交给明月奴来画的，你们看他那样得意，指不定是在发死人财。"

天色很明净,好像对过白蛤粉的靛青色,风却阴冷阴冷的,好像是从见不到太阳的地底刮来的一般。这盂兰盆节的到来,不仅模糊了阴阳两界的界线,也让老画师们的思绪陡然开阔:那登徒子明月奴的生辰难道不正是七月半吗?他性格这样傲慢,还克死了别人的女公子,肯定是恶鬼转世,也不知道是哪年盂兰盆布施的时候,扒着河灯来到人世的。老画师们面面相觑,一片唏嘘,心里暗暗觉得既恐怖又有些失落,无论是谣传也好,真事也罢,有一件事是确定的,那就是从未有人和他一样,能在漆了一半的金刚力士那黄澄澄的金刚怒目下,掀开供养人千金的裙子。

是恶鬼或不是,谁也说不清。小伙子们早已走上去沙州城的大路,清早,路上人不是很多,两匹马驹缓缓地走着,两个骑手各有心事,思绪生长出来,笼罩他们,如同道路尽头升起的湿润的雾霭。

李冉枝是宗室子,是高宗皇帝之孙汝阳王的曾孙,他和他已经去世的父亲,除了宗室名号一无所有,却始终不见他去应举为仕,反而时常往杨武龄师父这里跑,跟他学画,他几乎是和明月奴一起长大的。可是冉枝骑马时有一种高贵的气度,谈吐间也有一种让人爱慕却畏惧的气息,以至于见过他的总角小儿和少年郎,再也不能心安理得地叫他"三哥儿",不能喊他一起去捉蚱蜢、骑竹马、糊风筝了。

而明月奴的心事则永远同他新接的壁画有关,世间其他的一切,他只有模糊的印象,并没有什么兴趣。他实在灵巧:一双神情淡漠,但是在勾勒墨线时分外明亮的灰蓝色的眼睛;两道乌黑的、女子似的弯弯眉毛;同样乌黑的头发是从来不束起来的,而是像喜鹊的两只翅膀一样短短地垂在小毡帽底下;最为灵巧的是那双手,他自己心里明白,那些中年画师讥刺嘲讽,各式编派他,不过是妒由心生。这些所谓大师多半已经江郎才尽,只能模仿前朝人的画风,笔法干裂粗糙,此外还擅长给徒弟吃板子。而明月奴却擅长一切,羊毫画笔似乎是他伸展出的躯体。似乎他活在一个更为灵动的人间,那里风是慢的,山会生长,石头在河水里快速走动,万物从出生到衰弱、死亡、腐烂,似乎极度漫长,又极为短暂。

他将为曹氏襄娘的往生祈福窟画孔雀明王。

"我再也没法教你什么了。"师父笑着,"西魏大师们估计都画不出来你这样的卷草纹和云纹。可是,我总觉得,你的画里好像还是少了些什么,它们没能活过来。"

他只十七岁,但人们可以预见,如果他没有从脚手架上摔下来变成残废,没有因滥赌而被放债人砍去手脚,也没有被永远不会攻进沙州城的吐蕃人捉去做苦力的话,待到他二十五岁的时候,他一定会长成一个高大漂亮的青年人。如果再留上一撇唇髭,戴尖顶花瓣冠帽,着绀青轻罗衫,绝对会酷似那些前朝大师所塑的男菩萨。自从乐遵和尚头一个开窟造像以来,多少画师、工匠都是顶着同一副瘦小枯黄的面孔,言语少过还没来得及添上嘴唇的泥塑像,而明月奴却可以算是一个生机勃勃、放荡不羁的例外。少年人那种混杂着纯洁、傲慢、凶暴和嫉妒的血液正夜以继日地在他身体里奔流,丝毫没有停息的征兆。

大路旁的荒地上晃动着几个人影,明月奴眯起眼瞧起来,朝着他们招了招手。果不其然,荒地那边一个人站起身来,接着传来一声绵长的呼哨。

"那是谁?"

"名字嘛,好像是符也门延那。"明月奴小声说出一串奇特的音节,这语言听起来好像是一串钱币互相摩擦,又像是陶匠的刮刀在泥坯上轻柔地划过。

"我不懂粟特话,他的汉名是什么?"李冉枝问。

"嘿,我其实也不懂,他是安国人,大家叫他安延那。但是他自己不喜欢别人这么叫他,非说他的名字本义是'神爱',偏让人叫他神爱。和他一起的那几个,大概也是行脚商吧。但是我看他们现在是在刨坟,去年秋分的时候他领着我也去了。从这里往东去两里地,老坟里好东西可多了。"

"当真?"李冉枝拧起眉头。

"那还有假?"明月奴笑起来。

"你怎么认识这种人,干起这种勾当?"

李冉枝扬起马鞭,不由分说地抽到明月奴的棉袍上,朝着他的肩膀后背一通好揍。

"哎呀!挖的又不是你家皇帝祖坟,你打我做什么?!"明月奴慌忙策马向前,而冉枝却不依不饶地追过去,不一会儿他们就没影了。

从千佛洞到沙州城的二十里路的路边,连绵不绝地散落着一些烽燧和古坟。

　　安国商人神爱时常会在这里碰碰运气。神爱二十岁——多数安国粟特人十六岁出门做生意碰运气——经商四年就能穿起蓝底绣金丝的毛织外袍,拥有一支驼队、两个商铺和三个温顺的绿眼女奴。这并不是因为他兢兢业业,实诚交易,正相反,神爱确实是沙州人土话里叫作"市郭儿"的投机商。他不信佛祖也不信他们粟特人的祆神,对于贱买贵卖根本毫无愧意,他根本不介意对着沙州府的小吏点头哈腰以求得一张附籍少税的文书,他赌博、斗殴、嫖妓,常常鼻青脸肿地在肮脏的巷子里醒来。当然他也不会介意从这些古代的坟堆里搜寻金步摇、发簪、祖母绿扳指、有些发黑的银质衣带扣,然后在黑市上卖出高价。他似乎是完全出于自愿,而且颇为自豪地要过一种恬不知耻的生活。被神爱光顾过的坟茔里,有许多一千年之前的人在安眠,他只要瞧一眼这些人最后的衣着,就能知道他们曾经有过怎样的生活,能知道如果他敲开他们的牙齿,会发现一枚烂铜钱还是一块小小的玉石。还有一些坟墓过于古老,见多识广如神爱,都无法辨识出年代。因为气候干燥,有些死者还面目如生地静静躺在鸡鸣枕上,头戴装饰着黛绿羽饰的帽子,仿佛只是在下午小睡。每当看到这种景象,神爱都会产生对死亡的千百种困惑,然后又下定决心要把自己恬不知耻的生活一天天或愉快或痛苦地继续下去。

　　而今天安延那并没有什么特别的收获,只是在快要崩塌的一座古代烽燧里刨出了一个半朽的大木头匣子,匣子上的锁已经锈成了一团。他拿起一块石头砸了四五下,烂锁掉了下来,匣子里是一堆锈铁和几张鞣制过的甚至还有些柔软的羊皮。安延那招呼了同来捞偏财的几个雇工，一齐观察起那匣子上奇特的、弯弯曲曲的文字。没人能认出来这是什么。那些符号散落在纸上，每一个都好像一座小小的城池，好看却无用。神爱刚想把它丢弃，却发现这些羊皮底下竟还有一沓写着汉字的纸张，他抽出一张，纸已变得薄而脆，依稀辨认出来，却像是一首小曲儿：

"莫攀我，攀我太心偏，我是曲江临池柳，这人折去那人攀，恩爱一时间。"

似乎还是出自一百年前，也许两百年前一名极卑微的烟花女子之手。

神爱抖了抖那老旧的纸张，嗤笑一声，盘算起怎么把这东西卖给沙州城里那些士大夫和学士郎。他想着，当那些出身高贵、纤瘦白皙的郎君读着这些曲子词，为死人暗暗叹息落泪的时候，他也许可以拿着卖这些古董的钱，到某个还活着、心跳有力的女人那里买到一个美妙夜晚。

想到这，他自己都不由得佩服自己经商的天赋。

敦煌，或者按照他们那时的称呼，沙州，在节日盛会时聚集了十里八乡所有的色彩、声音和气味。而在一切事物当中，年轻姑娘们的裙装是最为艳丽的。襦裙和间色裙拂过地面，地上仿佛落下一层层花瓣，又好像竖起一把把匕首。于是许多坏念头开始从角落里升起来，许多好念头也浮现，婚礼、情杀、械斗，立刻近在咫尺。

人的眼睛也色彩纷呈、形状各异，它们有的发蓝绿色，有的深而黑,有的金褐色好像蜂蜜,有的眼睛细长如缝,有的好像杏仁,有的圆如铜铃,所有的眼睛都是美的,但是不知道为什么长在多数人脸上看起来都奇丑无比,大概是由于多数人都面目庸俗,而且像老骆驼一样缺着牙齿。

色彩稍少些的是牛羊铺子,有些铺子上用铁钩子挂着刚剥下皮的羊羔,血肉模糊的蹄子还一动一动的,大的铺面前多半是有一汪汪新鲜的水红、玫红或鲜红的血液浮在木板上。而小的铺子上红色是很少的,往往都是黑压压一片苍蝇绕在一片片青黑的、已经风干的肉上,瘦骨嶙峋的铺主和衣衫褴褛的买家互相瞪着眼,讨价还价,活像两只秃鹫。

人人都高声说话,城内喧嚷至极,就像羊角风呜呜地席卷了一切。还有来往行人的体味,木匠身上有木头味,铁匠身上有铁味,胡饼坊主有胡饼味。有些士族子弟骑着高头大马,衣袖上飘来竹叶和露水的清香,但是这种香气转瞬之间便和来往行人的汗臭、烧烤熟食的烟味以及羊和骆驼的臊气混在一起,显得气味更加怪异。这是中午时分,好不炎热,这些色彩、声音和气味一齐在太阳底下蒸腾起来,摩肩接踵的行人们容易产生自己是在海市蜃楼的街道上行进的错觉。这并不是什么好事,因为数年之前,也是盂兰盆会,不知是谁踩错了步子压到别人身上,使得人群像发疯的马群般乱了阵脚,生生把十来个倒霉鬼的脸踩得稀烂,连亲爹见了都认不出了。

那时盛唐的余晖还没有退去,从高门大户到市井小民,都对音

乐、舞蹈、诗歌和故事十分着迷。如果在茶馆或者酒肆小坐,十有
八九会碰见音声人和讲唱人卖艺。安延那就在这样一家小酒肆的
临窗的位置上坐下了,大方地把三枚银币拍在桌子上,点了一碟梧
桐饼、一碗蒸羊肉和一碟瓜果。不远的一张桌边,两个讲唱人手执
绘本应景地唱着盂兰盆节的老典故——目连和尚地狱救母的
故事。

安延那虽然汉文很好,听起故事绰绰有余,可是当那讲唱人一
唱起韵文,他就昏天黑地听不明白,只能跟着其他听众一起叫好。

> 铁轮往往从空入,猛火时时脚下烧。
> 心腹到处皆零落,骨肉寻时似烂焦。

"好!好!好!"安延那拍起手来,他最喜欢这等地狱景象的
唱词。

几个百戏子踩着高跷,从街道上方悄悄掠过,轻捷得如同燕子
剪刀似的尾巴。人群聚拢来,中心空出一个圆圈,五个粟特胡人演
起幻术:他们吃火,然后吐出来,就像夜里戈壁滩上的蜥蜴和蛇。
只不过蜥蜴吐的是黄绿色的火,蛇吐白火,而这些幻术师食火时火
是通红的,吐火时喷出的却是蓝焰。

等到火焰熄灭,七圣刀就开演了。一个红发大汉拿起弯刀在
腹上切开一个口子,挖出心肺,若无其事地把肠子扯出来,就像扯
麻绳,于是欢呼声四起。有七岁小儿骑在父亲脖子上,和他大声争
论幻术师的胸骨是青白色还是黑色。另一个歪嘴胡人捧起大铃

鼓,赏钱从人群里飞出,砸在鼓面上,铃铛齐响,悦耳动听。

这时神爱看到一个清瘦敏捷的少年绕到了那红发汉子的身后,悄悄把手伸进了他的衣服,然后——从那红发大汉的衣兜里掏出了先前幻术里的心、肺和肠子。这时候那些痴痴地望着的人们才发现:不对劲,这不是羊的心、肺和肠子吗?

看表演的人群爆发出嘘声。

那些玩七圣刀的粟特胡人不满意了。为首的彪形大汉大为光火,一拳砸在那小阿郎眼眶上,阿郎闪避不及,还来不及出声就被打倒,几个黄胡子纷纷围上去,不由分说又是拳脚相加。围观的人见到这场景,先是小心翼翼地后退了几步,接着又饶有兴味地聚拢了回去,确切地说,是更加饶有兴味地聚拢了回去。

神爱拦住邻桌:"那边怎么回事?怎的下手这么狠?莫不是要把眼睛打瞎了?"

"瞎了又怎样?那阿郎自作自受,拆人场子,断别人财路……"

神爱轻笑一声,刚准备凑过去看,耳边就传来那个阿郎破口大骂的声音:"你娘老子的打我眼睛!"

是个熟悉的声音。

他定睛一望:"娘老子的!那是明月奴啊!"

他倾身朝窗外探去。

大事不好。

安延那冲出酒肆,挤开人群,朝那领头的嚷嚷了一通粟特话,红发大汉才松开明月奴的衣领。

安延那低头一看,这还了得?血流了一头一脸,而且只见出气不见进气了。

李冉枝牵着马从岔路口走过来,和衣襟上满是血的安延那撞了个满怀。

"明月奴被人打了。"安延那说。

"足下是……"

"莫管我是谁,你瞧瞧他就知道了。"

冉枝半信半疑:"我还没走多久,就被打了?"

"被人打了眼睛,会瞎的,你快把他带走!"安延那比画着。

"什么?"

等到飞奔过去,望见那个人被打得就像被马群踩过似的,李三郎就觉得自己成了一块烧红的铁,一瞬间被人扔进了水里。打瞎了。瞎子。看不见。瞎子。李三郎心里一沉,他还没来得及好好揣摩这词的确切意思,心里就隐隐觉得明月奴并不会瞎,而是会死。

真是盂兰盆节不出门,出门就撞鬼。

两个人把不省人事的明月奴架到李冉枝的那匹青马驹上,用一条腰带把他和马鞍捆在一起。明月奴的血滴落在地上,一滴,两滴,三滴……野狗尾随他们走了好一会儿,把血舔得干干净净。从酒肆到最近的医馆,往南走一共四条街,每条街的狗闻到人血味都一齐吠了起来。

"呸！这哪里是狗,简直是狼!"

医师看了看小阿郎的眼睛,摇了摇头:"这只眼睛废了。要是发起热来,另一只也不知能不能保住。"这老郎中看起来有九十岁了,这让他的话可信度提高了三分,并不是因为医术多么高超,而是这么一把年纪,怎么着也和病、死至少会过几次面。他仔细包扎了少年的左眼,抓了些草药,就让冉枝和神爱离开了。

天彻底暗下来的时候,他们离千佛洞已经不远,明月奴从昏迷中醒来,感到眼眶里的剧痛,不由得急促地吸气。冉枝伸手抚上他的额头:反常地热。

"明月儿,你还能看见什么? 能看见就说出来,让三哥知道你还能看见。"

"我右眼还能看见,不清楚,可是我看见大泉河了……我们什么时候过河?"

"快了,就快了,过了河,到了家里喝了药躺一阵,你就会好的。"冉枝拍了拍他的肩膀。

"我跟你说我看到的啊,我看见沙州城在后面,城墙离得这么远都能看见,那些亮光,是城里面有人出来夜游了吧……千佛洞里也有灯……我还能看到……师父大概也在点灯了……我看见大泉河上在放河灯了,好像一条河都被点着了。三哥,你瞧瞧,都有些什么灯啊,那么多颜色,好多人出来放河灯了!"

明月奴很是惶恐,一个接一个地点数着他能看见的东西。

"有莲花灯、船灯,还有金鱼灯……"

然后那条光之河却渐渐暗淡了。

明月奴趴在马背上,奋力地眨着眼睛,可是无济于事。眼前一片黑暗。

"三哥,三哥！那些河灯是都沉下去了吗?"他慌张地叫了起来,"沉下去了吗?！还是我看不见啦?"

盂兰盆节从天上和地底下盛大地降临人间,它到来的声音震耳欲聋,好像最炎热的正午,空无一人的街边,瘸了一条腿的老乞丐,支起那条柳木拐棍敲在地上的声音。

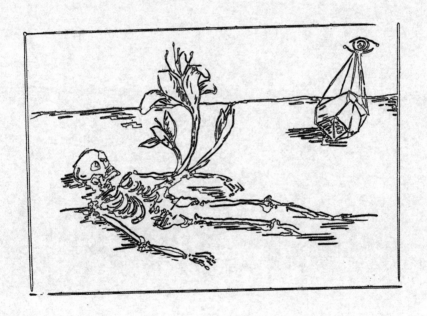

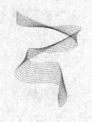

孔雀明王像

七月很快过去。

本来就矮壮的桃树枝繁叶茂,显得更加低矮。有村妇拿着明晃晃的小弯刀来割桃胶。因为长年累月被割伤树皮,这些树已经长就一具具遍布疤痕的畸形躯干。

蝇与牛虻在桃树的伤口处聚集,安静地吸吮着树汁,这是它们短暂一生中唯一值得庆贺的时刻,不久,黏稠的树脂就会粘住它们的翅膀和脚。用不了一昼夜,"桃花泪"就可以拾取了。等太阳从天顶下来,西面戈壁来的热风也停住,就有垂髫小儿、连心眉小儿、颈上系着长命锁的小儿奔向树下,棵棵桃树上都是一片丰饶景象,原先狰狞的疤痕,现在看上去就如同一只只悬着琥珀珠子、琉璃耳坠的耳朵。

这些琥珀珠子似的桃胶过了筛子,便进了细柳编筐,由货郎子驮到骡子上,送往沙州罗城的颜料作坊。同时送往这些作坊的还有从高昌来的藤黄,绿如孔雀尾羽的青琅玕,蓝得滴出水来的绀琉璃,回鹘人从燕支山采来可做上等胭脂红的茜草根,一沓沓金箔和压成块的金粉,而极其难得的是万里之外大食人捕来的赤色虫子,晒干瘪了,装在大瓶中,同朱砂、铅丹一起在小石臼里被碾碎,红得让人浮想联翩。

作坊主人年过不惑,眼睛有些斜视,而斜视对他来说是方便的,使他可以一只眼指挥着面前人将植物染料搬到后屋,另一只眼瞄着磨彩石的雇工,见到他们稍一停下就大喝一声。他那有些痴傻的二十岁独生子蹦跳着跟在他身后,嘴里衔着泥哨,"呜——呜——"地吹着,嘟囔着:"风伯吹风啦!喝西北风去呀!"时不时跳到一个雇工面前,"呵呵"一笑,吓出人半条魂。

匠人们抡起斧锤,把这些石料一一砸碎,就像农夫用锄、耙砸碎田垄上板结的干土,好让新苗从黑黝黝的地底下跳出来一般。

没有谁知道从这些月白、天青、杏黄、绯红的碎石里能生长出来什么。

月初,上个月运来的彩石料已经在大石臼里被磨得很细,石臼里的水急得像条蛇,以首逐尾地打着旋。原先需要几个宽肩膀的健壮后生转动的石磨,现在细手细脚的学徒工推起来都十分轻巧了,跑圈时带起风,风又带起他们的粗麻布裤子。

痴儿子听到这种声音乐得不行,他"呜——呜——"地吹奏,引来了整条街上无所事事的孩童。

"我家作坊里有一条河,彩色的。"痴儿子神神秘秘地把小儿们引到作坊来。

小儿们从各条小巷、棚屋、作坊争相赶来,用各式古怪玩意儿换来一睹奇观的机会。可是无一例外,等到痴儿子和伙伴们趴到作坊的门柱上时,大石臼已经安静下来,再无彩色河流在中间回旋,取而代之的是数十个大木盆,自浅到深沉淀着白、青、黄、赤、黑各色颜料。孩子们愤懑地跳脚作骂,而痴儿子只是嘿嘿傻笑,捧着鼓鼓的衣兜躲在门后。他对这比谁都精明,他清楚得很,只有永远看不见那关在石臼里的河流,他们才会月复一月地在街上奔跑狂欢。

"呜——呜——"

待到暑热已经从遍布灰尘的地面漫得半人高,像兽类带刺的温暖的舌头四处卷动,当学徒工已满头大汗、浑身粉彩时,当年长的雇工们如同拴马石一样定在门口时,当作坊主人手足无措时,当痴儿子的脑袋挨过临街孩童的石子和瓦片,开始怡然地点数衣兜里的蝉蜕、蚂蚱腿、蜻蜓眼、独角仙壳,然后把它们一一放到嘴里咀嚼时,于阗来的老石工索长临就要到来了。

索长临的到来能结束这种令人心焦的、无意识的等待,只要他的那十匹骆驼出现在街角,作坊主人就会领上几个工人上前迎接。索长临每次到来都会带来最好的石料以及各种奇诡见闻。他生就一副诙谐的面相,头发已经全白了,可是粗杂的眉毛还乌黑发亮。

可是索长临这会儿并没有来,驾着骆驼的是他那眉毛同样乌黑杂乱的儿子。

"阿乙,长临叔怎的没来?"作坊主人举起的手颤颤地垂了下来。

索阿乙的面色一下阴沉了,显得眉毛如同两块黑石头一样压在眼眶上。

"在高昌采青琅玕的时候,出了点事情。"

索家阿郎"吁——"的一声号子,打头那骆驼多毛的长腿屈了下去,现出鞍上横搭着的大筐和筐里垒着的石料。有些石料已经被打磨光滑,露出内里那幽幽发光的本来面目,但是多数石头都还是粗糙的,留着斧头劈砍的痕迹。

主人似乎对这个严肃、结实得有些粗鲁的年轻人非常畏惧,好不容易才支支吾吾开口说:

"千佛洞那边的画师说上次的青琅玕不够绿,做出的石绿画到泥胎上去也显得不够细密……"

"哪个画师说的?"索阿乙冷笑道,挥挥手招呼几个伙计把货卸下来。

"还能有谁?还不是杨师父门下的那位明月阿郎……"

"他怎么不说是他自己画技不精,也不说是你们制颜色的时候磨得不细,反而怪起我们石工来?这石头、草木都是天生地长的,天生地长的颜色哪会有不对的?怕是他眼睛不对吧。"

作坊主人紧张地搓着手心,他是个怯懦的人,手心时常出汗,欲言又止的样子让索家阿郎实在不耐烦了:"有什么就直说吧,我开价二百文一块。"

"一百七十文。"

"一百九十文最低。"

"小兄弟,我也是你和你阿爷生意的老主顾了。"

"这次的这些石头可是我阿爷的命换来的,你还有心思还价?"

"一百九十文。"索阿乙仰起头,扯着缰绳要走。

"别走啊,别走。一百九十文就一百九十文。我收你一半石头,一半茜草根。你也行个方便,这个木猴儿送给我家小儿作玩意儿耍吧!"作坊主人伸手就要取悬在骆驼鞍上的一排木头神像,有的是猴儿样,有的鼠首人身,头戴金冠,还有半人半蛇的女人像,脸面一半狰狞,一半慈爱。

"这个可碰不得!"

"怎的碰不得?"

"我家娘子从于阗来,信这个。"

作坊主人一抬头,见到骆驼上坐着一个小娘子,从头到脚裹在一张薄毯里,毯上落满沙尘,像一个土偶人,眼睛黑不见底,睫毛如同灰蛾子的翅膀那样毛茸茸的,一看就不是本地人。他一惊,忙后退几步,极羞愧地按于阗方式行了个蹩脚的礼:

"惊扰了,惊扰了,那就不劳烦小兄弟了……"

"别忙,有一件事情,我倒是可以帮你。你不是有回青和石绿颜色要交给千佛洞杨画师吗?我亲自去交给他,正好会一会那说我的石头是次品的小画师。等到将来,当家的可就是这位明月阿郎了,管他怎么说我的青琅玕,以后的生意还是要和他做。"

索阿乙把事宜都向他妻子交代好了,让她领着雇工们离开。他自己则揣着新磨的回青和石绿粉末,在城外驿站借了马匹,独自往三危山方向跑去。这时中午的暑热已经过去,先前寂静的泥土道路上,纷纷扰扰地出现了行人,蛰伏在土墙里的人们三三两两探出脑袋。在更狭窄而阴凉的小路上,有顶着草帽的小商贩叫卖起冰杏酪、金瓜、松花饼和槐叶冷淘。夜市将是热闹的。

离这里远又不远的地方,在已经故去的襄娘的父母出资修建的石窟里,还是很凉爽的。在一张毛毯上,铺了一张灯芯草编织的席子,明月奴盘腿坐在上面,睁着眼睛望着对面那布满他画作的墙壁。可他还没有完成,就被迫告别了,也许是永别——如果他的左眼再不好起来的话。想到这一点他简直痛苦难耐,这告别将会是漫长的,也许等到他死去,这痛彻心扉的告别还不会结束。

冉枝在作画。这个端庄而严谨的宗室子的画总是准确而细密,他时常观察人和物的形态。对于他所能见到的世界完全诚实,大概能算是他绘画时的准则。师父常说,只有吐蕃僧侣在浴佛节用彩沙绘制的“曼陀罗城”才能和他的画相比。

“可是冉枝啊,”师父有时又打趣,“吐蕃人的曼陀罗城被画好之后不多久,就被他们用木刷子扫去,以示大千世界不过是沙砾聚散,幻境而已。”冉枝对这种评论往往不置可否。墨线他已经大体勾勒好了,只是缺了孔雀明王的冠帽。而且由于回青和石绿的颜料不够,他没法接着晕染,只好停下羊毫笔,坐在明月奴身旁,试图引他说几句话。

“明月儿,你知不知道,那几个老不死的画师和泥塑匠在说你和曹家襄娘呢，说你不仅祸害她，还用壁画把人家克死了。"尽管知道明月奴看不见，冉枝还是扯出一个试探的笑容。

"没想到你也信这些鬼话。你们是怎么回事，偏要和一个没用的瞎子过不去？"

"你没用谁还能更有用？除了你谁还能把孔雀明王扮得这样惟妙惟肖？"

冉枝把铜镜推到明月奴跟前，仿佛他还能看见似的。而镜子移动的声音和冉枝的这种行为，让明月奴觉得这是一种令人厌恶的纡尊降贵的举动，就因为冉枝能看见，难道就能这样羞辱他吗？明月奴动一动手臂，听见布料摩擦的窸窣声，这衣料很轻，冉枝说，是翡翠色的轻纱罗。

"翡翠色"这一词又让他有些悲愤，这种颜色大概是在碧蓝和青绿之间？但是蓝、绿是什么样子，对他来说只剩下了模糊的印象。原本他不该坐在这里的，他该像其他年轻又阔绰的好画师那样，斜戴着那顶银丝贴片的圆毡帽，从当垆的妇人那里买一壶酒，然后从街口围看斗鸡的一群浪荡子里拉来一个游手好闲的年轻人，给他几十文酒钱，让他穿上那件翡翠色的轻衣作壁画的范本——然后让笔尖在墙壁上游动，而不是扮演那个蠢货的角色，被打扮成神话佛经里那些人物滑稽的样子。

这时如果不是冉枝安抚地拍了拍他的肩膀，少年可能会立刻把铜镜向他左手边还没干透的泥塑像上扔去。可不得不承认的是，因为自己一个长久的好奇，和一时想要挑衅玩七圣刀的胡人的冲动，现在他比沙州城里大多数蠢货还要羸弱无力了。

冉枝往镜子里看去,看见明月奴面无表情地端坐着,右眼的绷带上沾着不久前才帮他换上的药粉和干掉的血渍,在洞中昏暗的光景下显得格外怪异。他在明月奴头上戴了一顶步摇冠——这是冉枝作为宗室子为数不多的家传宝物。从前,他祖父,也许还有他祖父的父亲——某位显赫的王公,曾经戴着这顶效仿魏晋古风、有树枝一样高耸的分叉和桃叶状金坠子的冠帽,出席长安城郊香气缭绕的聚会,也许在河边流觞饮酒,也许身着胡服,围观猎场,肩膀上站着鹰……这些是冉枝从来没有见过的。而现在这顶王公的帽子戴在一个盲了的私生子头上,作为扮演孔雀明王的戏服,这到底有几分反讽,让冉枝心里突然好受了点。

冉枝画出一条弧线,这条弧线落在墙上,如果再加上其他的一些线条,就是孔雀明王的冠帽了,可是现在它只是一条弧线而已。冉枝望着这条弧线出了神:这条短促的线几乎是神经质地弓着,似乎是要躲避,又似乎是要牵引,连接某种难以言说的东西。

长安城有拱桥——也是这样一条弧线横贯在河面上,像一道虹,长安城的街道可供四辆马车并排而行。随便一个长安城的女孩子都比一百个曹襄娘加起来还要聪慧,也不用她那种现在已经进了坟墓的妆容,而是用胭脂把整个脸颊都染成绯色,如同桃花花瓣。他想起父亲和母亲曾经提起过的,关于长安的许多事情。为什么他不是出生在长安呢? 也许有一天他能把师父、明月奴也带到长安去。

他望向镜子中明月奴的倒影,这种想法连他自己都觉得不切实际得可怕。

明月奴的脖子上悬挂着一串白色璎珞。

白色的璎珞似乎有点紧，明月奴时不时要伸出手向下拽。这个动作让冉枝觉得有些气闷，想到早年父亲跟他提到的，在高宗之后短暂的大周朝，那些无辜或有罪而被处死的宗室子弟，他脊背有些发冷，庆幸自己并没生在长安，并没有见到不久前他还暗自向往的一切。

有那么一刹那他甚至觉得，面前的这一切琐碎的事物，大抵都在暗示着什么，在指示着某种无法回避的事情。那条弧线、四处散落的绯红颜料、绷带上的血迹和明月奴脖子上的璎珞，但是这念头微不足道，很快被另一个尖锐的念头淹没，他忍不住问：

"你究竟为什么要拆穿那些粟特胡人的戏法？"

明月奴思忖起来，左眼不断眨动。

"为什么？"他一面回答，又一面问自己似的，"为什么？人人都明白那些粟特人是变戏法的，他们没有吐火，没有让箱子里的同伴凭空消失，也没有真的掬出自己的心肺，那么，为什么所有人都相信他们，还要扔给他们赏钱？可又是为什么，我把他们拆穿，人们就——和我设想的那样，开始喝倒彩，还想把赏钱要回来？

"我不能说拆穿他们是深思熟虑的。我抓住那口袋里的羊心羊肺扔出来，可能只是为了好玩。这种乐趣可能在你们看来是失心疯，甚至是有罪的。你知道吗？三哥，即使我不去拆穿粟特人的幻术，我也会干别的事情。你见过那种装酒的羊皮酒囊吧，我就买这么一袋酒,将它包在布里,在街口高处站着,假装这是我抢夺来的小孩子。人们这时候就要来看热闹了,肯定又是号哭又是尖叫,求我把孩子放下。我要是拿小匕首扎进去,葡萄酒就会流出来,下面的人会以为我是杀人的疯子,估计要找官府来捉我,可是自始至终,这些都是假的,我只是想要喝酒,扎破了一个酒袋而已。这件事过了这么久了,我一直回想,终于回想出来,我是在不知不觉地寻找这样一个边界:假的为什么变成真的,真的怎么变成假的,或者放在任何一个时候,一件事怎么变成另一件事。边界就是谜题,画师就是出题的人,而谁能找到这样一个边界,谁能同时站在两边,谁自然就能成为最了不起的画师。”

明月奴脸上原先的怨愤渐渐消失,嘴边浮现出笑意:“真希望能跟你说清,那个红发粟特人打上我眼睛的那种感觉,那感觉让人毛骨悚然,但是我十分喜悦——毕竟我是那个作画的人,而他,是我画中的人物,不过是在受我的支配。”

冉枝的声音,听来反而变得冷冷的了:“可是他并不是你画中的人物,他身高七尺,把你的骨头拆了都不比折断一根木条困难。”

明月奴点点头,就像没有听见一样继续说着:“的确。世间有像这种强大的人、事、物,能阻挡我,弄瞎我的眼睛,甚至把我的骨头都拆了,但是没有什么可以强大到和我去年秋分时所见到的那个东西相提并论。

“你还记得神爱吧? 在你看来,那不是个体面人,可是我和他能耍得开心。那天他叫着我和其他几个江湖上的阿郎一起去刨古坟。我不常走戈壁沙路,就掉队了,戈壁上石头多,我又被绊了一跤,跌倒在一个已经被刨开的古坟旁边,木棺已经全被砸破了,那墓中人的头骨滚到了原先是手该在的地方。

"要是别人估计早就被吓跑了,可是我不。因为我看到那头骨的眼窝里,开着一朵矮矮的番红花,雪青色的花瓣,三条如同火舌一样橘红的花蕊。现在我瞎了半个月,雪青、橘红是什么样子,我已经忘得差不多了,可是这画面的神秘我还清楚记得。佛经里说'三千大千世界',那沙子上的头骨、颜色浓烈的番红花,还有那天云朵稀少的极高的天空,就构成了一种诡异又理所应当的图景,好像有三千世界都沉睡在这个图景中。难道不是吗?三千大千世界的一切,那些我们视而不见的平凡琐事难道不就是从那些最诡异、最不可能发生的事件里生出的吗? ……任何一个人、一件事物,比如说一副精致的手镯,难道和首饰匠手上的那些裂口和老茧没有关系吗?

"后来我随手捡起一根从棺木上断裂的木条,把那头骨移开,发现了一个古旧的袋子。那番红花就是从这袋子里长出来的,袋子里还有许多其他的花球,可是它们都没有那么好运地触到土壤,也就都没有开出花来。这是一个古代香料商的坟墓,不久前被人盗过,他们扯开了布袋,指望发现金子,但是袋子里的干枯花球显然让他们失望,于是他们就泄愤地把这个可怜人的头骨一脚踢开……谁知道这对于死者大不敬的一脚,也踢开了布袋,给了那棵番红花一线生机。

"可当我再向那个方向望去的时候,原先那美丽的、几乎让我觉得敬畏的景象已经不见了——仅仅因为我挑开那个头骨,移到了不到一尺远的地方——眼前这一幕只让我觉得恐怖。我做了多么可怕的一件事啊——把原先让人觉得美而神秘的景象撕碎了，扔到万劫不复的丑恶里去了。原先'活'和'死'就像是两条汇入同一条河的小溪那样难分难舍，但是被我一摆弄——这幅画，如果能称之为画的话，就已经完全落到'边界'的另一边，在恐惧之后，我只看到单调而索然无味，就像有些平庸的画师的作品一样。那时候我就知道，'边界'的秘密在于颜色中，不是一种颜色，而是所有颜色的浓淡、混合和叠放的位置。用我们生来就有的两只眼睛，根本不可能看到全貌。

"也许别人说我的画克死了曹襄娘，也是这个道理，我也许是出于无知，把该染上月白的地方染成了米黄色，原先为她'祈福'的画就适得其反了……不过你真相信画能克死人?"

"大概吧。画能讲经说法，能劝人向善，也能引人作恶。"

画能杀人。冉枝其实是相信的，但是他暗自不希望明月奴也相信这一点，刚才明月奴所说的一席话，连同他所描绘的那些景象，实在让他觉得浑身不自在。

"你难道就不好奇画里的人怎么看我们，或者说，怎么看你?你对他们这么轻蔑又苛刻。"

"如果画里的人也能看到我们，我希望他们还是永远都不要知道我们在这里好了。"明月奴指指自己的眼睛，"或者我们自己也只不过是在另一幅画卷里而已。至于我，我并不想和我的画师见面，他对我也太过苛刻了。"

索阿乙带着回青和石绿粉末，已经走到了大泉河的岸边，并不巍峨却很厚重的三危山横亘在对岸。他看见裸露的崖壁上一些暗红和绿色的花纹，那是受前朝某个显赫将军所资助而画的一群飞天。风吹日晒下，那群飞天有的仅仅剩下了卷曲的飘带和白皙细长的手臂，而面部已经被冲刷掉了，有的则还剩一张优柔的面庞，可是手中举着的乐器已经随岩壁上风化的落石消失无踪。

索家阿郎自认为是一个硬心肠的人，是风霜里吹打出来的铁骨铮铮的人。那些自从出生就四处飘摇、被列入贱籍，好不容易才挤进"士农工商"中最后一等的人，如果万分幸运，没有变成那种曲意逢迎、取巧钻营的角色，多半都会有着这种倔强的硬心肠。索阿乙觉得自己是从来不会流泪的，即使在多年以前随着叔伯兄弟穿过昆仑山口去讨生活，眼睁睁看着一多半的同行旅人被突然刮起的暴风雪冻成冰坨子的时候，还有不久之前，父亲在采矿时坠亡的时候，他也一滴眼泪都没有掉。

他从没来过千佛洞，尽管一直做着千佛洞的颜料生意。他从心底里觉得，虽然那些名不见经传的画师都是谦逊的好人，但是对杨画师和他那两个弟子——他最大的主顾——那样有名而富有的画师，他本能地心存芥蒂。

就连佛窟和壁画本身，连同燃灯节、浴佛节这些欢乐的庆典，在这个硬心肠的年轻人眼里，都是可有可无的，甚至对他来说是多余的。这些事物只属于那些没有饿过肚子的，轻浮、软弱的家伙，他们的生活就像一团团新摘的棉絮。

可是党河的清澈水流、碎玉般的潺潺声，还有洁白的石滩，不知道怎么让他的硬心肠变得稍稍柔软了。

　　他意识到了这种突如其来的变化，而且知道引起这变化的源头是什么，就赌气似的把头垂得低低的，而与之对抗的另一种力量，像是拽着他的头发一般让他抬起头，去看那露在石崖上的绘画。难道自己也会像那些软弱的供养人、看客，还有画师一样，对着那些子虚乌有的"净土变"或是佛陀舍身饲虎的本生故事拍手叫好，甚至感动得落泪吗？这简直是无稽之谈。

　　在他看来，这些劳什子图画连同它们的内容都是糊弄蠢人的。他见到过许多和他一样出身的雇工、石匠、小商人，会把攒下的小半年的收入都捐给寺庙，指望着来世能往生净土，或者托生个能资助得起佛窟的好人家，反倒把今生过得像圈里的牲口。每每看到自己驼队里的兄弟也这样做，他就气不打一处来，威胁他们再把钱送给咿咿呀呀念经的光头和尚，就再也别想得工钱。索阿乙不大相信佛法或净土，但是觉得鬼神或地狱倒有可能会有，而且地狱就在人间埋伏着，指不定什么时候就会冒出来，吞食几个人、几十个人，或者在打仗的时候，吞食几个城的人，然后又悄然藏到歌舞升平的尘世景象后面去。

　　可是索家阿郎确乎感觉到，先前对岩壁上那群飞天的一瞥，在他心里激起了奇特的声响，就像开山采矿，大石块要坍塌下来之前，小石块从坡上滚落的咔啦咔啦声。他终于忍不住了，向着高高的崖壁上望去——望见了其中一个飞天的脸孔，那是纤瘦的妻子般的脸孔，因为常年被雨水冲刷，画在眉头上的炭黑颜色，都滴落到原先是眼睛的地方，好像两扇密不透风的睫毛。

太阳已经向西边垂落,阳光从洞窟外斜射过来。阳光像颇黎珠子一样哗啦啦地落在地上,又弹跳起来,散在窟里各个角落,一阵阵回声让陶器、画纸、笔尖、黄铜镜面都泛出光晕;阳光扑打在一只误打误撞飞进来的蜻蜓的薄翼上,映出一种虹彩,然后很快消逝。光也试探着在明月奴大睁着的右眼边缘游移,就像拾盐的人试探着踩着盐湖灰蓝色的死水一样,但是那里仿佛横着一道看不见的屏障,光走不进去。

然而这屏障也并非牢不可破,就在前些天的一个晚上,大风呜呜地吹,像颜料坊痴儿子的鸟笛,吹得天昏地暗。沙州城的春天和秋天的确会这样刮风,但是夏天这样飞沙走石的日子并不常见。大风刮断了大泉河岸边好几棵生发没多久的杨树,也把路上人吹得东倒西歪。就在这个人们都大门不出二门不迈的大风夜晚,三危山前面的荒原上传来了一阵马蹄的踢踏,那马蹄声竟然是很稳的。然后,一个干瘦的老头儿就出了奇地直直朝明月奴所住的那个洞窟走去。

那是一个符咒师。

那个时候的敦煌,如果有病有灾,医师解决不了的,自然而然就是邪灵引起的"鬼病"了。半个月过去,无论是明月奴被打伤的右眼,还是因为发烧而瞎掉的左眼,都没有复明的迹象。

那么这就如同空房子里的说话声、上了几重大锁的仓库里的粮食莫名减少、小儿夜半惊梦一样,是邪门的事情。

师父和冉枝商量了,等过一天停工休息,就回沙州城里找符咒师来给明月奴治病。

谁知道符咒师自己跑来了。

"阿伯,你来有何贵干啊?"一个十来岁的小学徒看见生人往这边走,就凑上去问。

"甘州杨武龄不是让我去给他小儿明月奴看眼伤吗? 我就来了。"

小学徒听得瞠目结舌。

谁都没给符咒师提起过师父的名字,抑或是明月奴的名字。

杨师父和冉枝听了这话,惊得说不出话来,只是把高人引到石窟里去。

老符咒师从褡裢里取出一个碗来,然后招招手让旁边的小学徒去舀一碗清水。看见门口聚了一众看热闹的人,符咒师忙挥起袖子把他们驱开:"散开散开,都在看还能灵吗?"

等到所有人都被驱赶到了外面的大风里,老人又拿出一张纸符,说:"右眼很好治,把这张符泡在水里洗洗眼睛就可以。"

"那瞎掉的这只也能治好吗?"明月奴忍着痛拆开绷带。

"当然也能治好。"符咒师颇自信地说,"但是治法不同。这就要看你怎么想,是治好一只呢,还是两只都要治?"

"自然是两只都治好了。"

"那就用这个符咒烧成灰泡水喝。"符咒师拿出了另一张薄纸,"这反而是一张不收钱的符咒。不过我可要提醒你,这东西能治好你的眼睛,但是也能让你看到别人看不到的东西,你可要想好。"

符咒师钻出了石窟,杨师父捧着二两银子在栈道上等候:"高人,高人,我儿几时能好?"

符咒师只是摇手:"不收钱,不收钱。半个月就好了,他用的这个符我是不能收钱的。"

"老人家,你那可是一匹好马啊,这种天气里都能走得稳。"师父把符咒师送到大泉河边拴马的木墩旁边,风吹了他一胡子灰土。

"我并没有骑马啊。"符咒师在马上耸了耸肩,"只是你们听见了些什么,看见了些什么,就觉得我在骑马而已。"

自从喝下了用符咒烧出来的灰泡的水,明月奴眼睛上的伤口慢慢地好了,不仅这样,他还变得温顺得像一个小孩子,虽然有的时候还会出言不逊,但是性情倒是真的缓和了许多。就像董兴说的:"也该消停消停了。估计那道符镇住了原先附在他身上的邪灵。"

但是明月奴自己心里清楚,他甚至觉得冉枝和师父也清楚,这个邪灵并没有被驱逐或杀死。

失明的最初几天,陪伴他的是对色彩最后的记忆和各种光怪陆离的梦境。后来梦境的色彩也渐渐地褪去,半个月过去,梦变得模糊不清起来,然后梦境变成了黑白的,最后梦也消失了,这让他渐渐分不清自己是清醒还是睡着的。

两个少年郎谁也没有说话。明月奴如同僧人一样盘腿坐着,回想着他所见过的黑色。炭一样的黑色,燃尽的灯芯一样的黑色,地窖里密闭的酒缸的黑色,夜一样的黑色,夜里暗流汹涌的大河的黑色,都过于亮。几乎没有一种黑可以跟瞎眼的黑暗相比,几乎没有——除了一种,明月奴一动不动地坐着,半睡半醒中觉得自己的身体是一块石头,是凿这个洞窟的时候所有被挖出去的石头的总和。在无边无际的黑色中,他躺满了整座山洞,对于自己所作所为的悔恨在这种黑暗和平静中甚至没有容身之处。

索阿乙踏在佛窟外面狭窄的栈道上,"吱呀"一声,好像一柄凿子凿在明月奴脑海里的那片山石上。

一块小岩石落下来,一着地就变成了小一些的自己,这个小人儿不知道从哪里又找到一柄更小的凿子,像蚂蚁啃食树叶那么缓慢,一点一点地在山岩上开凿了。然后明月奴觉得,随着自己这个飘浮不定的灵魂有了实在的形体,有了石刻的衣着和装饰,端坐在石窟中间了,那个小小的工匠,他是怎么知道自己就躺在这片光秃秃的山石里呢? 他怎么知道,该把哪些石头移走,把哪些石头留下,雕刻出怎样的一双手、一双脚、一个头颅,雕刻怎样的目光与自己对视? 那个工匠和自己这尊石像是不是来源于一处,或是自己和他——石像和雕刻者本身就是密不可分的?

他明白,盲人感受到的黑其实根本不是黑,而是在一切色彩产生之前的一种状态。包裹在果实里的果核,母亲腹中的婴儿,对这种黑都不陌生。

"你就是明月阿郎吗?"阿乙钻进洞窟,看见在作画的是个端庄俊秀的汉人青年，而不是传言里那个嚣张的小胡郎，觉得有点奇怪。

"不是。"

"那就是皇孙李公子？"

冉枝反应过来，极有礼貌地点了点头。

"索掌柜？是生意上的事吗？我们还是到外面栈道上说吧。我家小弟顽劣，惹到事了，被打伤了眼睛在窟里休息，还是不要吵到他。"

索阿乙偏过头去看了一眼，哦，蜷缩在毛毯上的那个才是明月奴，看样子挺可怜的。

"这是从颜料作坊那里捎来的回青和石绿，应该是明月阿郎订的。"

"真是多谢索掌柜了。"

"折断的骨头。"冉枝一拆开包装着绿色颜料的桐油纸，这个念头就突然在明月奴的脑海里跳动起来，"有个人从高处摔下来折断了骨头。"

这个念头本身泛着浅浅的水绿，盐津津的，明月奴一想到就汗毛直竖——"这个人——或者说所有的人吧，都是精巧的造物，但是毁掉他们简直太容易了。我记得小时候，还没有来到沙州学画的时候，我在什么地方折断过很多牧草和千日红，从这些植物断掉的茎秆里流出的绿色汁液，就是这么盐津津的。那是什么地方呢？"

"绿色。"明月奴记起了绿色。

洞窟外的两个人谁也没有注意他,只是不停地在说着什么。

索阿乙对冉枝说,希望能看看洞窟里未完成的画。

他走进来的时候靴子带进了许多浮灰。只是绕了一圈,他就朝着洞口走了。

"李皇孙,"索阿乙从洞窟翻出去一半,又突然回过身来,对着东南一角先前明月奴的画直看,"我就问一句,你画的是什么?"

"那是伎乐天,乾达婆和紧那罗,明月奴眼睛还好的时候画的,那样的衣裳和飘带,我是画不出来的。"

索阿乙呵呵一笑:"说了不要怪罪。明月阿郎到底还没有那样高明。你倒也确实是沙州城里数一数二的画师,但是对于伎乐天,知道得并不多啊。我家娘子母亲是于阗人,父亲从天竺来,在天竺,乾达婆是人头鸟身的天神,也是村村舍舍四处游逛的音声人。"

"是什么?"一直没出声的明月奴突然高声问道,把旁边两人都吓了一跳。

"一面冶游,一面讨生计的音声人啊。怎么了?"索阿乙抬起一条眉毛。

"没什么。"明月奴忙说。

"那我就先告辞了。"

眼前的黑色又消散了一些,他似乎看见一片蓝莹莹的天地在抖动。

"蓝色?"明月奴揉揉眼睛,没错,是蓝色。

接着,模模糊糊地,从这一片回青蓝色中又凭空显出几个音声人金褐色的影子来,他们有的手执竖箜篌,有的持觱篥、都昙鼓。

这些无中生有的鼓声让年轻画师心里更觉绝望,如果他是明眼人,如果他还记得别的颜色,也许他还能想出这些人的红抹额、绯白上衣、青色皮靴……可他怎么知道他们会这样穿? 这个问题让他头痛,他唯一能识得的那片回青开始剥落。

音声人中有一个女子,他想着,试图集中自己的心绪,她腰肢苗条,浓密的头发编成辫子,垂在毡帽两侧,胸前挂着一枚莹白的玉佩。她肩披轻纱,在她金棕色的手里,月亮升起了,月亮上有细细的琴弦,她弹拨起来,唱着一支龟兹语的古歌,音调变化之间,月亮也随之阴晴圆缺。

那女音声人的形象越来越清晰,明月奴几乎都能看见她的面目,她嘴唇开合,吐出晦涩的词曲。

那首歌似乎是关于一条极难跨越的河,关于河的对岸,草原和雪山。明月奴觉得自己好像以前在哪里听见过,这语言他曾经能听懂,也许也能说一两句的,但是现在已经全然忘却了。

不多时,女子的身上长出盐津津的充满铜锈味的翠绿的羽毛来,变成一只大鸟,又消失在四面聚拢的暗里。

"三哥,跟我说说,你画的孔雀明王是什么样子的?"

"孔雀明王是这样的,你看不出来他到底是一个阿郎还是一个小娘子。"冉枝声音很轻,"更像鸟,而不像人。你怎么突然对孔雀明王有了兴趣? 原先你准备画的并不是孔雀明王,因为谁跟你说了什么吗?"

"我想起来以前一个僧人来千佛洞这里的寺院讲法,好像说到孔雀明王。"

"他说了什么?"

"就是常说的孔雀明王本生故事而已。孔雀在天竺南部的雪山上生活,仗着自己的法术肆意妄为,结果有一天就掉到猎户的陷阱里去了。"

"然后呢? 我敢说不是变成了猎户火堆上的烤孔雀。"李三郎打趣道。

"然后孔雀就在陷阱里想啊想啊,琢磨到最后,它突然发现,自己已经从陷阱里出来了。"

"凭空想一想就能从陷阱里出来? 这不可能吧。"李三郎不由得笑出声来。

"也不是这个意思,他大概是想说,也许那里本来就没有陷阱。来来往往的其他人都不会看到陷阱,只有孔雀能看见,它一看到,就认为那是真的陷阱,才掉进去,等到发现那只是一场幻影,自然就从陷阱里出来了。"

李三郎皱起眉头:"所以你就闷不作声地在那里想心事? 认为只要想明白了,眼睛就能看见了? 你的眼睛不一定不会完全好起来呀。就算是好不了,不能再当画师了,我也不会让你没有生计的。师父无儿无女,看你就像亲生儿子,更不会把你驱走,让你真的去当乞索儿。"

冉枝回头向盛装的少年望了一眼,然后转过身去继续用水红色笔端温柔地涂抹着壁画上孔雀明王的嘴唇。明月奴一动不动地低着头,好久才问一句:

"三哥,如果你不做画师了,你会去干什么?"

李三郎停下画笔,想了想:"我大概会做个牧人。"

"牧人?哈哈,我还以为你要跑到长安去当皇帝呢。"

"对,当个牧人。你大概不知道吧,我的祖先并不是皇帝,是牧人。李家人的众多祖先中有一些世代游牧的人,很久以前他们就在祁连山那里放牧。我父亲曾教我读《汉书》,《汉书》里说,祁连山'有松柏五木,美水草,冬温夏凉,宜畜牧'。如果哪一天我不能画了,我就带上几匹好马,买一些羊,到祁连山牧羊过活。夏天的时候,草场上的花比壁画上佛国的花还要多,我就赶着马和羊到深山里去。要是冬天,草场上雪能过膝,我就在穹庐里生火,烤些肉吃。你要是同我一起,我就招待你喝乳酒,喝凉州的葡萄酒……"

明月奴思忖着不说话,一只看不见的蓝眼直直地望向冉枝。

回青。孔雀明王。石绿。孔雀翎毛上的眼睛。每一只眼睛都从虚空里注视着他。也许不是注视着他,是注视着那条河,以及难以达到的河对岸。

"那你呢,明月儿?如果你不做画师,你会去哪里?跟着安延那一起去经商吗?还是跟我一起,到祁连山的草场上去呢?"

"经商?亏你想得出,你见过瞎子商人?"

半晌,明月奴才慢慢地说:"我哪里也不去。我即使不画了,也该是个画师吧。我一生下来就是要当画师的。"

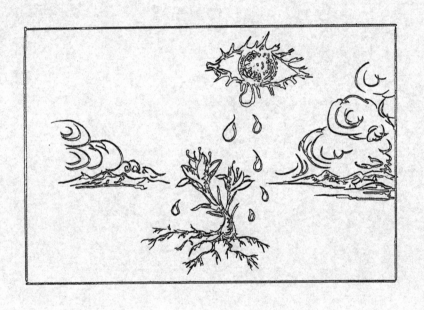

眼　　睛

　　那是哪一年的春天？那大抵是大唐大历十一年的春天，距今也已经有一千二百三十八年了。而就在这年春天，发生了两件大不寻常的事情。

　　一件事情是，人们印象里永远都只在沙州四面的州府烧杀抢掠的吐蕃人，竟然已经攻陷了肃州和瓜州，渐渐地对沙州形成了包围之势，不知再有几年、几个月，或者几天就会攻到沙州城下。

　　有人在城外的戈壁滩上看到了不得了的东西，那是一个货真价实的人头，戳在一根尖木桩上，尖木桩被钉进土里。不是明月奴看到的那种白森森的头骨，他看到的那种东西已经基本上和人无关了，如果你拿它去做雕刻或是骨笛，甚至做酒杯都没什么问题。但是这个青黑色的痛苦地咧着嘴唇的人头不一样，它还戴着下级兵士的幞头，如果仔细辨认，这是肃州守城军的装束，那张半风干的面孔上还保留着人在最后一刻的恐惧。

有胆子大的沙州民众围上去看,他们像求偶的麻雀一样在春日暖阳下互相挤着,喊喊喳喳,不是惊怖就是暗喜,也许两者皆有,因为看它跟看七圣刀戏法毕竟是一回事。人头倒是很尴尬,它伫立在一圈看客当中,微眯着眼,好像一个颗粒无收的田舍汉面对前来收租的里长。它什么都没有,什么都不是,因为还没有腐烂殆尽,所以不能说是"物",可是它又丢了身体,所以也不完全是"人"。

所有的尴尬而奇怪的东西,不多久都会落到巡逻的府兵那里。果不其然,很快有一队人马赶过来了,手持枪戟,步履整齐,只有盔帽上的翎毛在风中抖动,东倒西歪。十夫长一声令下,一个士兵碎步跑过来通报上级,十夫长点点头,示意他去把那人头从木桩上拿下来。

谁也没想到,在这个肃穆的时刻,那个被指派去拿人头的年轻兵士竟然害怕得有些手软,把那玩意儿掉在了地上。头颅骨碌碌在地上滚了好几圈,年轻兵士吓得尖叫起来。

人群中爆发出哄笑,笑这人乳臭未干,胆小如鼠。

"还笑,笑什么?"为首的军官呵斥道,"沙州就要完了! 看你还笑得出来!"

"沙州要完了?"领头大笑的那中年人不由自主地咀嚼起这句话来。

"要完了?"每个看客都左右互相询问,想获得一丝蛛丝马迹,一个预兆,一个末日将临的象征,以此来正大光明地引出哀叹、号哭,或是劝说父母妻子早日变卖家产,跑路要紧。每个人都焦躁不安,像是等着戴上面具上台表演的百戏子,在心中已多次排练过灾祸降临时的台词,只等大戏开场的那一阵锣鼓。

"为什么沙州要完了?"人群又如麻雀般发出了破碎而密集的叽喳声。

"你们知不知道?吐蕃人已经打下了肃州,我们还有北庭各州与大唐的联系已经被切断了。"

围观人头的人群听到了事情的原委,稍稍忧心了一下,竟然三三两两地散去。他们实在找不到再待在此处的理由。一来他们已经洞悉了末日的真相:末日就是荒谬的,如同演戏,只要锣鼓声不响,没有谁能惊恐、大哭、四散逃命。二来,吐蕃人是永远也不会攻进沙州城的,他们不可能带来沙州城的末日。数十年前,这些喝羊奶长大的异族人就盘算着打下沙州,可是最严重时也不过是几队人马偶尔劫掠沙州外缘的村舍,或者杀死两三个旅途疲惫的送信使者。对于两三代以来的沙州人来说,吐蕃人的到来仍然是梦中之梦,谣传里的谣传,还不如邻居急病而死更让人心惊。因此这件事情虽然不太寻常,也可以忽略不计。

几乎在同一时刻发生的第二件事情是,三危山顶上的天空裂了一个口子。

当时,李大宾正在千佛洞前大办开功德窟庆典。朝散大夫李大宾其人,自称是西凉国李嵩的后裔,为人有些名士风度。河西节度使周鼎和节度副使贺兰嗣成也十分赏脸地做了他的座上宾,与他们同来的还有一些同僚以及他们的家人。负责修建这座新石窟的工匠画师,还有来此进香朝拜的百姓也得到了观礼的殊荣。

庶民们喜爱这种场合,观察那些衣冠锦绣的人带给他们管中窥豹般的乐趣,比在酒馆里听小曲、变文都有意思得多。李大宾和周鼎都生就一副矫健的身架,周鼎有些杂胡血统,一张枣红脸,李大宾则是中原人士,白面长须,器宇不凡。而贺兰使君则和他们不同,他年近五十,可面貌很是清秀,不知道为什么显得有些局促,他那怅然若失的表情不由得让人想起那些话本和小曲里被相思所苦的人物,他青年时代很可能是一位诗人。

李大宾所要兴建的这一窟在山脚,十来天前他就派人在这里搭建了开窟仪式的台架子,纷纷扰扰。一群音声人靴子上铃声响如月圆。一队歌舞伎涂脂抹粉,空气里飘动着金粉、弥漫着胭脂的香味。一列僧人眉毛寡淡地立于这笼罩三千大千世界的热闹里,闭着眼睛,有特别年轻的僧人低声念着《心经》:"无有恐怖,远离颠倒梦想……无有恐怖,远离颠倒梦想……无有恐怖,远离颠倒梦想。"这一切加上木匠刨木花的声音,还有成百上千众生发出的轰鸣,堪比当年佛陀出走王宫时,他白发苍苍的老父亲的号哭。

突然,一切喧哗声中止了,人人屏息凝神,望着前方,然后又面面相觑。这是经常会发生的状况,当许多人聚集在一起的时候,往往不知为什么,突然就没有谁再说话,似乎要等什么大事。多数时候什么事都不会发生,但不是这个时候,这是大唐大历十一年(776),大唐四境的泥土里无缘无故就长出一些不安的数字,比如某处河流决口,冲走一个村子;某处的官兵,把偏远地方的里正一家杀了;又或者某某作坊的靛青色染缸里,淹死了好几个学徒工,捞上来的时候连他们的眼白都变成了纯洁的蓝色。但是值得一提的是,我们也千万要记住,这些令人胆战的事件,永远都是发生在别处,而不会走上千万里路,穿过祁连山口,到沙州来发生。

就是在这时,在大唐大历十一年春天的一个正午,绝对的安静中,不知从哪里传来一声布帛被撕裂的声音,让所有人都开始环顾自己的衣服下摆,生怕被什么人踩住扯坏了,那样就大不雅观了。可是看来看去,自己的衣服都没有损坏的痕迹。

然后他们就开始环顾四周,看看是不是别人的衣服坏了,可是也没有别的谁的衣服被扯坏。

"你听见什么了吗?"终于有人忍不住问旁边的人。

"你听见什么了吗?"旁边的人点点头,又问自己旁边的人。

于是他们一齐向地上望去,看看自己是不是踩碎了什么才会发出这么古怪的声音,可是地上除了石子什么都没有;又一齐往天上望去,高天里很干净,云白而卷,就像刚弹好的棉团。他们又窸窸窣窣起来,企图装作什么事也没有发生,好像只要他们装作什么事都没有,就真的什么事都没有了。

明月奴是在前一年的夏天完全恢复了视力,不请自来的符咒师竟然治好了他的左眼。可是眼里的瘀血没法散尽,眼珠从水波似的蓝色成了深不见底的黑色,黑得连瞳仁都看不出了,好像安了一只石头假眼。这让他看起来像是一个假人,一个木头削出的人偶,就像索阿乙那位于阗妻子的木头神像一样,造他的工匠给他钉上一颗蓝色的琉璃珠子,再钉上一颗黑色的石头珠子,他就用这两颗物件朝外望去。

　　而在大历十一年的这个八月,明月奴从天上那个裂口里看见了只有他那只伤眼才能看到的东西。

　　他听见那声音来自他头顶上方的天上,于是他抬头就看见了:

　　先是一条裂缝,像被轻轻磕碰过的瓷器上的细缝一样几乎不可察觉,它在天空中悄悄现出来,它生长,像棵树,枝条干枯。紧接着,以令人疼痛的缓慢速度,这些枝条交错在一起,然后天穹开始破裂了,就像那些放在屋顶上晾晒的泥罐子开始开裂一样。然后那些碎片也缓慢地飘落下来,消失在夏天干燥的空气里,露出天空后面的事物。

　　明月奴试图抬起一只手挡住日光,可是没有什么用,他没法移开视线,只好忍着刺痛,眯起眼看着。那仿佛是花园的一角,有藤蔓和树叶在摇动,恍惚可见金色葡萄结在那些藤蔓的顶端,花的茎秆没法撑起过于沉重的花冠,匍匐在地上。其中有些花颜色是不曾存在过的,或者说,这些颜色一直存在着,但是还没有任何一个人用矿物或植物的染料把它们调配出来。这些植物发疯似的想从裂缝里挤出来,可是它们一穿过那裂口,挤到这边的天空中,就变成了无数卷草纹、云纹,变成壁画上那些贵妇人发髻上的六角形簪花,沿着天的弧线滑落,然后消失不见。

　　明月奴望着这奇观,还没来得及看到花园全貌,目光就被卷入了一朵花里。那朵花有十多只花蕊,而每只花蕊里似乎又分出许多朵花来,每朵花中又有花蕊……他屏住呼吸,注视着其中一朵,看到那里竟然是一片平地,有许多极小的人物在走动,那些小人就像刚入师门的画师学徒所画的一样鄙陋、滑稽。他看见有的小人摔倒在沙地上,留下一个自己的印迹,转眼那印迹就站起来,并且在其他线描人之间行走。

他突然觉得线描小人都是自己还是个小学徒时的习作。

眨眼间他们开垦田地,建起坞、堡和城池,挖掘护城河。又一眨眼间,从城的外面又来了一群线描人,他们喧哗凶狠,所到之处只留下一片混乱的线条,一些残缺肢体。

俄而,土地、城池、断手断脚和小人儿,连同先前的花园,都不见了,天上的裂口就像两片眼睑一样颤了几下,然后就变得像被挖走眼睛的眼窝,像被砸毁的古代壁画后面露出的石头墙壁那样漆黑一片,什么都没有,而旁边的天空,照样还是青湛湛的。明月奴感到恐惧,向后踉跄了一下,险些踩到后面那人的脚。

他惊愕地环顾四周,在他环顾的那一瞬间里,四周就他一个会动的活物,其余的人,看上去都像是人偶和画像一样,连房屋、庙宇都像早市上花鸟贩子常常放在假山石上的小亭子、小桥。只有三危山还站在那里,连同它身上那些成百上千的眼睛似的孔洞,仿佛是站在很远的地方。这座山好像不是一座山而是一个活物,站在别的什么一座山上,山下大泉河洪水泛滥。这洪水所过的地方,人们无声无息地倒下,变成一幅画像、一缕发丝、一枚戒指,然后统统被水席卷而去。

明月奴捂住左眼,洪水便即刻停止了,大泉河仍然平静,清浅地横亘在不远处。看来这毕竟只是幻觉而已。他想他不能留在这里,这里到处都是见所未见的怪事,他要到河对岸去,到沙州城里的宅子里去见师父,去见三哥,他想,也许他得说说那个符咒师的事。

而这时两架高大的木梯已经架在即将修建的洞窟门口了,开窟典礼已进行一半,两排舞乐伎弯腰垂首从高台中间退下,衣袖扫过柔软的毡毯。一队音声人登上高台,开始演奏。

"阎将军,你听见什么了吗?"贺兰副使刻意绕过坐在他身边的崔氏,向随行而来的兵马使阎朝询问。

"贺兰使君是问我这是什么曲子吗? 这是《六幺》。"

"我不是问你这个。我是说,先前一时半会儿,四周突然静悄悄的,你听见什么了吗,像是布帛撕裂的那种声音?"

"我什么都没听见呢,贺兰使君,你听到什么了吗?"

贺兰嗣成挥挥手,不答也不再问。

他撒了谎。

阎朝没有听见任何布帛撕裂或是瓷器破碎的声响,但是他听见了别的,并不真切的、犹如梦境中的声音。最先是蚂蚁挖沙的窸窣声,接着是麻雀似的窃窃私语,然后是兵士行走时甲胄的碰撞声,接着又是麻雀一样的低声议论,最后,是一声夏日惊雷似的斥责:

"还笑,笑什么! 沙州就要完了!"

那声音来自一个粗粝的嗓门,无处不在又指不出源头。

阎朝的心里,原先就像是戈壁沙土那样干燥的,而现在他只要回想起那个声音,心里的一角就滴下黏稠、浑浊的水滴,凡是沾到这水的地方,都长出多毛而黏糊的霉斑和苔藓。他想到吐蕃人攻占肃州之后做的那些事情,他试着攥紧自己佩剑的手柄,可是这并没有让他觉得更安全些。

　　而明月奴早已被异象吓得冷汗淋漓,他用手盖住左眼穿过那些人群,那些玉佩、幞头、香粉和腮红,那些蒲扇和纸扇,他甚至都没有跟邀请他来观礼的李府君告辞,就往河那边跑去,去拴马的白杨树上寻他的马。

　　"我不能留在这里,不能留在这里了。"他听见一个声音从身体深处空荡荡地传来,"我要到大泉河另一边去,我要去找三哥。"他想着,跌跌撞撞地在土路上跑动。

　　等到走到杨树近前,他吹了个口哨招呼马过来。那大青马看起来竟然像一匹瓷马,它小步跑起来,明月奴甚至都听见了它那瓷做的关节摩擦的声响。

　　可是当他伸出手抚摸它,触到的却是马匹渗出细密汗珠的背脊和被烤得发热的马鬃。

　　他牵马过河,不小心一低头看见河水,河水是无数细密缠绕的曲线,而旋涡则是一圈圈牙齿似的折线,试图咬住他的靴子把他拖下去。他果然摔倒在河边的浅滩上,冷冽的水向他的鼻子、耳朵和喉咙里涌去。

　　大青马还稳稳当当地在浅水中站着。

　　"我们走!"他颤抖地牵着缰绳站起来,又跌倒在卵石上和激流中,一个白浪拍过他头顶,冲走了他那顶已经磨出毛边的西域人的毡帽。

　　马儿喷着气的鼻孔向他探过去,他从水中伸出手攀住马头,费力地起身,竭尽全力把自己扔到马鞍上。

也不知道到沙州城的时候还有没有宵禁。

走到一半时,他又看到那些荒地上的烽燧和古坟,又有一些人影在那里晃动着。他心想这下好了,总算能跟人说说看见的怪事,就松开缰绳,挥手大喊:"神爱!安延那!"却半天无人回应。

而定睛一看却把他吓得不轻,那些人正若隐若现着,栩栩如生,却像是画上的人物,只能在一张看不见的画布上左右移动,连配色也是他常常用的,以天青、鹅黄、粉绿为主。有的峨冠博带,显然是秦汉时的装束;有的瘦骨清像,是魏晋时期的遗风;还有的显然是他乡番客,戴着高高的尖顶毡帽,胡须浓密。

难不成真是墓主们的灵魂?刚从恐慌里平静下来的明月奴又吓出了一身白毛汗,赶紧策马向前。可是细细想来,这些人影又有几分熟悉,似乎他们真的是出自他的笔下。想起前年秋分跟安延那一起去刨坟的时候,他曾经用炭笔把那些散落一地的金饰和已经褪色的衣服上的纹路粗略地描画过。

沙州城方二里,南北长,东西窄,西南方的子城里有老画师杨武龄的宅子。休工的时候,明月奴和师父、三哥会住在这里,像父亲和两个儿子,但是又有哪里有些不像,也许是没有母亲在这里,年老的女人在明月奴看来没有任何一个像是母亲,而年轻的女人似乎人人都无法成为母亲。打更人不走门前这条路,所以有时夜里窗边烛火可以留得久一些。宅子后面的花园小而寂静,一条小溪水从中间流过,清澈得大家都舍不得舀它的水来洗笔,它穿过院墙流向邻家,在更远的地方注入护城河。

明月奴拉住门环敲了敲。一个老仆役来应门,看到他在门外站着,被风吹得半干半湿的衣服粘在身上,像一道潮湿的影子。

冉枝拿出竹签捻了捻灯芯,跪坐在桌前。

"你说你在开窟大典上看到了什么?"师父一时间并不相信。

"不该让他来的。"明月奴捂住眼睛,"那个江湖郎中,天知道他做了什么。我从河那边一路走,见了一路鬼。"

"你看到什么了呢?"

"天上裂了一个口子。说来你也不信。有那么一段时间,四周的人好像变成了涂上粉彩的泥塑一样,山野也抖动起来,像我们平时用的那种薄画纸,但是画上的人好像反倒活了。即使面前没有画,只要我一去想我之前画过什么,我的眼睛就看到什么。"明月奴从师父手里接过粗布擦了擦自己的头发。

"怪我自己,那老符咒师问我要不要把那只本来已经瞎掉的左眼治好的时候。跟我说,以后说不定还能看到平时看不见的东西。我想都没想就答应了。"

师父和冉枝感到十分奇怪:"你当时烧糊涂了吧?"

"难道没有符咒师吗?"

"有符咒师,有符咒师给你看过眼睛。"

"符咒师跟我单独说了几句话,有没有这回事?"

"你当时发着烧,半睡半醒的,会说话吗?"

"这是什么意思? 难道是鬼神变成符咒师,跟我说话?"

　　师父缓缓说，不紧不慢，早有预见："太宗皇帝年间，好像也确实发生过这种事情，也是发生在一个画师身上。他叫尉迟乙僧，他并不在千佛洞画壁画，但是也差不多。有一天晚上，他在他的画前睡着，梦见先前画的菩萨从墙壁上降下来，柳枝在他眼前一挥，自此他看东西就跟别的人不太一样。我明月儿也许也是要成尉迟乙僧那样的大画师了。这种事情，如果一直恐惧，可能就会变成灾祸；如果适当地采用，也许就不是坏事。可是运用不当，或是过分沉迷，仍然会变成灾祸的。

　　"明天让你三哥陪你一同去千佛洞看看不就知道了？你再去瞧瞧，是不是还能看得见那些东西。"

　　"明天？"明月奴摆摆手，"昨天那里太邪门，缓几天我再去。"

　　"要是真邪门，不管你是明天去还是后天去，总还是邪门，你也总是会遇到的。"师父说，"我们作画的，又怕什么神异的事？我们画佛菩萨，也画地狱鬼神，要说再神怪诡异的事情，也都是我们先画出来，才被世人所知的。如果不是我们把他们想到的鬼神形象给画下来，没有人知道这些东西竟然还有可能是真的。如果不是我们，甚至连'鬼神'二字都不会有。"

　　明月奴争辩不过，只好耸耸肩膀，转过屏风，走到自己的屋里去。

　　"你的帽子不见了。"一盏灯工夫，冉枝的影子在门廊里出现。

　　"嗯，对。"明月奴俯身从灯台里挑出灯芯，点燃，"那是我阿娘留给我的唯一的东西。

　　"她从汉人老爷那里带着我跑回来，她兄弟觉得不光彩，趁她去河边取水的时候，把我放到一个篮子里，扔到河里面。阿娘说那天，我几乎要半沉在水里，漂到河对岸了，但是水流得很缓。秋天的水总是流得缓——你知道，我是在夏天出生的，到秋天的时候，差不多就能笑。她给我新做的帽子像片叶子漂在水上，她就追着那顶帽子跑啊跑啊，最后整个人游到靠近河心的地方，好容易才一只手抓在篮子的边上。她说，当时我坐在篮子里，望着天空，笑得特别大声。"

"你说的那个老爷，是你爹爹吧？"

他点点头，又摇摇头，最后两手把前额抵住，不再动。

"你还记得他是谁吗？"

"当然不会记得。"

"关于他，她说过什么吗？"

"说过。她说他会演奏龟兹乐，会作诗。那些诗她听不懂，也不想听，有些是关于山的，有些是关于柏树的，也有关于镜子的，还有冬天，鱼一动不动，从水底看结冰的湖面上自己的影子，但是没有提起过小孩子，没有小孩子、大青马、狗这些会跑、会动的东西。也许会有河流和草原，但是没有牧羊人。你读的书多，你说说，这是为什么？"

"中原士子很少把它们写到诗里，是因为它们缺乏一种优雅，一种纤细的静止。它们动得太快了，优雅的事物，是纤细的，同时也是庞大而缓慢的。比如山，你想想三危山，你望向它，它并不移动分毫，但是在山上，你看不见的微小之处，沙石和沙石之间发生着震颤，这些最纤细的缘由正在渐渐引向一座山的倾颓，尽管不一定会发生，但是只要想到就会让人不寒而栗。而画上的人物，我们曾说一个人美貌如玉山之将崩，也是这么一个道理，如果一个人像一座山，一座山，你知道我在说什么吧？"

"那你们这些宗室子弟，中原人士，是不是觉得只有盛装妇人、英武男子，还有那些容貌端丽的人才能被画到画上？"

"那你要画什么？画乞索儿、流氓坏子、佃农、买婢、小商贾？"

"我觉得那些人都可以被画到画里。那些半死的、老人、流氓、乞丐，没有什么是不可以画的，只是有的画师笔直无趣，画不好卷曲、复杂的事物。

"今天我看见好多人，都变成了塑像和画的样子，他们中的多数人就好像我们刚开始画图时的那种废稿……这是没办法的事，但是我也喜欢他们，我喜欢那么多人就像我喜欢那么多狗一样。可是有那么一两个，简直是世间少有的好作品。说到这里，我简直有些想那个打我的红毛鬼了……"

"少胡说。我仔细告诉你，你要是再见到那竖子，你就跟我说，我去报官。"

"我没胡说。"

"你闭嘴吧！"

"你被我吓到了！"明月奴钻进被子里，用它蒙起头，"得了吧，你说不过我的！"

"睡吧，三哥明天给你买新帽子。"

"我不要帽子！"他从被子的缝隙里露出眼睛。再枝看着他，几乎觉得他又是那个刚见面时的五岁小孩子了，不免心里发笑。

"那就把头发梳个发髻，看起来会很精神。"

"可是那样看上去就像汉人。"

"有什么不好吗？你父亲既是汉人官员，那你也是汉人阿郎。"

"这是什么话?！你以为你是谁?"明月奴忽地坐起来，似乎有些生气，"我是我阿娘生的，她是胡人，所以我是胡人。莫说你只是皇孙，就是皇帝老儿也不能把我怎么的，你好生做你的公子爷，莫管这等闲事。"

第二天正午时分，明月奴攀着木梯走向他最钟爱的那个石窟。

那是西魏时某个无名大师的作品，从西天极乐世界，从琉璃般透明的须弥山上刮来的蓝色的风，仍然在那个洞窟里回旋。师父以前带他来看这座石窟时说，如果想让线条流动起来，让整幅画"满屏风动"，最好的方法就是临摹这座石窟里狩猎图上被围捕的白色公牛。那头牛没有被涂上任何色彩，可能是因为画师的疏忽，没有完成，当然，更可能是因为无论添上哪一笔都显得多余。

明月奴曾经不分昼夜地临摹它，可是总是抓不住那种角力般的动态。它需要奔跑，他也需要。为了能用几笔画出这样的生命力，他曾从千佛洞一直跑到沙州城门口，只为感受那种被追逐时绝望的力量。之后他才得到些许启示。

而现在，这头白色公牛正在明月奴眼前真正地奔跑！在永无止境地奔跑着！它那牛鼻孔里喷出阵阵白气！紧随其后的是狩猎的队伍，那些拉开的弓弦一直绷紧着，羽箭蓄势待发，却从来没有飞离出去。野鹿的皮毛分外柔顺，生铁一样黑漆漆的，它们有比人世间的野鹿更长更轻盈的四脚，微微一点地就能越过丛丛密林。

这时候，风恰好从四面来，明月奴感觉自己就是踩在这些风上行走,白牛、野鹿和猎手们也踏着风,从他身边掠过。须弥山上来的风还是深蓝而湿润的,就像颜色饱满、还未干透的羊毫笔拂过脸庞;须弥山下的海面在刮着风,风大而平和,水蓝色,有很重的盐味,一定是画出海浪的矿石颜料里曾经混杂了许多盐分防止褪色;另一面墙壁上,极乐世界中的风里有一种微笑的意味,月白色里竟然闪着点点光晕,而画上的人间里也在刮风,那是翠绿的苦涩的春日暖风,正像这时佛窟外刮着的风一样,只不过在这里风是安静的,没有白杨树叶的沙沙声,没有小商贩的吆喝,也没有党河的潺潺水流,却充满春天所需要的一切气息。也许在数百年前,西魏大师们在这里绘画时,在下午同样的时辰,同样的风也曾经过这里……

明月奴捂上左眼,那些悬浮在他四周的奇妙景象瞬间消失,回到了墙壁上。

但是四个世界里同时吹拂的风还环绕着他。

他面对东面墙壁睁开眼睛,看见壁画上的须弥山高耸出海面,阿修罗王的三头六臂在空中和海水中缓慢移动,就像秋天农户扬谷时那些巨大的谷杈,空中飞天们的蓝色丝带静静飘动。在明月奴看来,在画上,并没有"上方"和"低处"的概念。佛国虽然被画在狩猎图的上边,迦林频迦鸟、风神和雨神在画中山丘的上方,可对于画中人来说,人间和佛国只隔了一座山的距离。

如果猎手们追逐白色公牛继续前行,再绕过一座山头,就来到极乐世界中了。

他弯腰走出石窟，站立不稳，双手颤抖，心脏狂乱地敲击着，几乎要从胸口冲出来。他不知该向谁，也不知该如何诉说这种奇特的感受。但是他的确和以前不是同一个人了，原先他骑马从沙州回来的时候，总觉得三危山远远望去好像一个巨大的蜂房，佛窟层层叠叠，画师们如同蜂群，嗡嗡嘤嘤，在一个个如同蜂巢的石窟里劳作。而在这些石窟后面，在还未被开凿的岩石中心，有种巨大而秘密的事物正匍匐着、延展着，寻找可以将它讲述的人，就像一个躺卧的、睡眠中的女人，一位母亲，也许是一个多眼的生命，每一只眼睛都像笼子或者陷阱，一旦被它抓住就再也无法逃脱。

"我说得没错吧。"冉枝站在洞口向他微笑。

"不可思议。你要是遇到这样的事，不会被吓到吗？我什么都没看见，我看不见，但有一千只、一百只眼睛对着我同时睁开，你想想看……"

"我知道你觉得不可思议。可我不会知道为什么你这样觉得，你看见什么，除非你认为那是假的，或者那太过真实，真实过了头，让你想到，在这个尘世的底下或者上方，还有些别的与我们并行的东西，否则都不该值得害怕。"

"那你不会害怕吗？"明月奴困惑不解。

"我不会害怕是因为这种事根本不会发生在我身上。对于我所画出来的一切，我充满情感与爱意，就好比那是我自己的孩子，或是我自己的双脚双手，总之，是我的一部分。而你对自己的作品，几乎是爱恨交加，你在和你的画斗争，仿佛觉得那些造物会起来反对你。"

"因为它们并不全是出自我,从前就不是,现在就更不可能是了。"

"就是这样,"冉枝走下栈道,望见远处几座佛塔耸立,他伸手指过去,"我不会害怕,是因为我眼里的和你眼里的一切完全不同。我看到的是形体、石块,是凝固的瞬间,是人力可刻画的,要么是人,要么是画,是泥塑。而你看到的,是流变,是它们能变成什么,是无填色的线描,是野兽睡醒,慢慢伸展身体。"

"让人害怕?"明月奴拽住冉枝的袖子,神色古怪,"等等,你是说,我让人害怕?"

"像扼住人喉咙一样让人害怕。因为,比如我看到一个刚烧制好的陶土瓶子,一个容器,而你看到的是容器里盛着的东西,水、酒,你看见它们流动,改变。我看到人,是一个人,而你看到人,更可能是一张嘴支在一根棍子上。你明白我说的吗?"

"我不明白。"明月奴假装困惑,而心里早已经半信半疑,半明半暗。

他为什么要画? 为什么是他,不是三哥、神爱、师父杨武龄,不是其他任何人会看见这些东西? 或者一切只是因为他自己无法停止罢了。他更加确信,自己生来就是为了绘画直到连笔也拿不起为止,或者说,他自己就是一支画笔,不把自己画成一支秃毛笔他没法停下来。而所有鬼魅的幻视,不过是契机,是现在命运、天神或佛陀证实了他对自己的看法。

"其实……"其实他明白。可还是没有说出口。早先听说沙州地界风邪重,说了什么话,便即刻成为反话,他就赶快把后半句收了回去。然后他快速地从念想里把这种命定的、沉醉的喜悦整个擦去。他那么爱人间。人间，人间，人生活的地方，画只在人间诞生，而画中的佛国大概是没有画的，能把画带到佛国里去吗？明月奴想，也许可以，只要把人间完全地、整个地画下来，那些美瞬息万变，还有美之外的所有，丑、罪恶、欺诈、怯懦，那些无尽头的愚蠢、真诚。只要把这些全画下来，画就自然在画里了。他想，他大概是不爱人的，现在不爱，以前不爱，将来大概也永远不会爱人，对那单个站在那里、坐在那里、在那里说着想着的人，他有点鄙夷，但是当许多人凑在一起时，他倒是觉得可以爱，比如在先前开窟大典的时候，还有五岁那年燃灯节，师父杨武龄带他们去看点灯的时候。众多的人形成那种整体，仿佛自身就在揭露一个谜底。

"世上的人为什么这么多呢？"他想问三哥，但是还是没能开得了口，这种问题大抵以三哥那样的良善也是答不出来的。两人走马过半里，他又回头望向千佛洞，觉得这个问题似乎可以换一种问的方式，但是同样不怀好意："为什么没有人想过要停下来？"他的两道目光如刷子扫过山坡上仍然在增加的蜂巢似的佛窟，还有从洞窟里走进走出的蜂子一样的画师，他不由得一遍一遍地想着这个问题。

天色洁净，日光雪白刺眼，像纷纷扬扬撒下的熟石灰，站在石窟外面的栈道上遥望远处，能看见驿道上积攒了不知多久的尘土，在一匹马、一辆大车经过时，轻盈无碍地升腾起来。明月奴仿佛听见了车中人吸进灰尘时剧烈的咳嗽，那人一定灰头土脸，像一张揉皱的脏纸,想到人竟然会落到那步田地他就浑身发冷。尘土、太阳、嘈杂之声,因为酷热而干渴的生灵,这是人间的真相。而在他身后,在那个幽暗的石窟里,有另外一种真相,一种对于石窟外面那个干旱、残酷的世界的观照。这种近乎野蛮的显现,在明月奴这里得到欢快的回应:他重获光明,几乎觉得自己已经渡过了那条河。这年夏天大泉河涨水,不时出现旋涡、激流,下游有人投河,雨天有人给河水卷去,对于自己还能站在地上,他觉得万幸。

七圣刀胡人给他带来的恐惧走了,明月奴自心底里觉得很快乐。他走着,四处张望,从卖胡饼的男人、乞丐和小偷身上都能看到他想要画里出现的那种自由无碍的神性。有人时常看到他又在沙州城的街道中出现了。有人看到他和他臭名昭著的伙伴安延那,一个背着手,一个帽檐上的翎羽随风抖动,拿着酒壶,在市场上游荡。

对于这种大难不死的人,人们多数时候都会怀有一些敬意的,同时也有一点恐惧,从鬼神手里走过还能回来,也就成了半个鬼神。于是大家对他少有苛责,也相应地少接近他。因为帽子丢了,大风纷乱,太阳把他的头发晒得褪色。但是像熟石灰一样纷纷扬扬洒下来的阳光自有原因,它们洒下来是因为沙州城就像一个熟透的金色甜瓜,一只被猎人打中又遗忘在树丛里的雉鸡。它们纷纷扬扬,又紧迫又严酷地洒下来,企图在蚂蚁和苍蝇找到这里之前覆盖住这种即将变得难闻的甜香味。

维摩诘

　　宅邸里的园林，布满了紫藤树。它们和李大宾一样，本来不是沙州的。如果是在暮春时节，紫藤、丁香、栀子、杏花纷纷盛开，临照着屋檐前方的一汪浅池，的确有些像长安城郊散落的水榭亭阁。而现在，早春还没有现出它的影子，这些枝条上早先积的雪已经因为气温回暖而塌下去，现在正凝结着冰，在正午的阳光下显得通明、曲折而澄澈。

　　李大宾的庭院里，同长安的那些名士府邸一般，常传来抑扬顿挫的诵诗声，也能听到击节而歌、错盏而饮的宴会声。他乐于同年轻人交往，无论他们出身世家与否，只要言谈精妙，思维敏捷，就会有绿玉酒杯盛满美酒，摆在他们面前。

　　胡酒。火盆。院子里的亭子。因为亭中炭火的热气而消融的雪，令亭台的一周显出土地黑黝黝的本来面目。

　　"有什么事物，是本不该属于人间，但又确确实实在人间存在的呢？"李大宾靠在松软的胡床上，把一只脚盘起来，有双鬟侍女于他身后，为他搭上一件狐裘大氅。

"三郎,你说说看。"

"三危山的千佛洞,应该算一个。"冉枝想来,李大宾精于佛理,又醉心绘画,对这个答案不会意外。冉枝今日着装优雅得很,素白的毛皮外衫,发冠上镶着一枚蓝田美玉,甚至让青年时代常在长安公子们之间交游的李大宾都觉眼前一亮。李大宾想到这里不由得眯起眼睛望他:如果没有二十多年前那件荒唐事情,这个小郎君定然是出生在都城长安,在宗学受教,如果是那样,他又会成为怎样的一种人物呢? 会成为他的曾祖父汝阳王那样的风雅之人吗? 还是长安城内更常见的那种纨绔子弟? 然而这些永远都不得而知了。如果传闻是真的,近年沙州的官员当中,也有参与到当年那场扑朔迷离的争斗里的人……李大宾竟然隐隐地有些为他担心起来,心里就开始盘算如何提点他一些。

"千佛洞怎么会算本不该在人间存在的事物?"谁料明月奴抢先说,"我还以为,本不该在人间存在,又确确实实有着的事物,是类似神佛、鬼怪这样的。"

"难道不是因为信奉佛陀,而又有人出资,这才不停建起来的吗?"李大宾拢了拢衣服,话里话外寻着机会。

"是因为信奉佛陀才修建的? 我不这么认为。"冉枝反驳道,"如果仅仅是因为信奉,为什么一定要是这样才称得上信奉? 从西魏到今日,已经有几百年之久,若是想要供奉佛陀,自然会有别的更好的办法,把一座山挖空了未必是最好的吧?"

李大宾将手拢到炭火的上方:"说是世家大族们互相攀比才不断修建,也不是不行。"

"三哥啊,这……就是那天,我到三危山看到那些画壁,想问的问题啊。"明月奴悄声嘀咕着,"为什么总是会有人打着建窟修壁画的主意?"

冉枝端起一杯酒一饮而尽:"这个问题几乎就是在问人为什么要生活下去一样,可以是最大的废话,也可以是头一等的好想法。"

"这两者怎么好做比较?"李大宾说着,摘下手上的翠玉戒指交给侍女,示意她拿着去换酒。

"因为这两者,只要稍微想一想,都是非常无聊的事情。"

"三郎刚及弱冠之年又身份显贵,不想着如何大展宏图,就变成这样的厌世者吗?"

"使君又何曾想过做这些事情呢?"冉枝摇摇手,"至于我,空有虚衔并无才能,平时当一个书生,闲时当一个画匠,其实也就是我可以做到的全部了。"

"三郎言辞颓丧,少年人岂可这样失去生趣?"

"非也。"李冉枝慢慢地抬起眼睛,好像准备辩解什么一样坐直了身子,但是只有一瞬间,他又垂下眼睛,仍然直挺挺地坐着,但是嘴角已扯成了一条线,显然什么都不愿多说了。

"三郎,言之无妨。"李大宾摇了摇手。

"人生在世,不过顺水流舟,荒诞不经。万物流转诡谲多变,又何必自欺欺人,去施展什么宏图?"李冉枝笑了一下,"更遑论去谈活着有什么意义,因为它本身就没有什么意义,只是恰好你我都活着而已。"

镏金的香炉里蒸腾起烟雾来。

三人静了也许有一会儿,李大宾突然抬眼望了望李冉枝,缓缓开口道:"总有一些事情,就是我说的那些本不该存在但是又偏偏发生了的事,谁也不知道它是从哪里开始的,可一旦开始了,就很难再结束。即使是要结束,也要付出不可想象的代价。这大概就是为什么从西魏开始,各朝各代的人都一拨一拨地修佛窟;又或者,从天地初开的时候,一拨一拨的人都决定生活下去。"

明月奴改换了先前不以为意的神情,点了点头。在他眼里,李大宾好像也变成一个画中人了,他眯起眼睛,恍恍惚惚的,他受过伤的眼睛,给他展现出一幅白描的名士图,胡须在微风中抖动,酷似壁画上高谈阔论的维摩诘居士。

冉枝将一只手微微凑近炭火,做出抚摸丝绸一般的手势,仿佛在抚摸着发蓝的火焰:"我要说的故事,发生在一个冬天。就像是今天这样的,有雪的冬天。"冉枝眉梢微扬,从腰带上解下一枚玉佩,同样招呼仆从拿去换酒。明月奴望着那玉佩下面不断抖动的红玛瑙坠,眼睛又是一痛,现出一些异象,仿佛那坠子变成一只褐虎的爪子,而自己变作一棵树,被这爪子不断抓挠着。他深吸一口气,闭上眼睛听着。透过炭火煮酒升起的水汽和三人呼出的雾气,冉枝朝他瞥了一眼,明月奴的鼻尖和脸颊全都冻得通红,看上去有点好笑。

"这是关于门廊下的雪之山的一个故事。

"贞观年间一天大雪,在洛阳地界,有一位公子,约莫舞勺之年,虽然年龄小,但是对于绘画和塑像有着许多人都不及的才能,随便捡来的木石到了他手中,不出几日就能变出些人、物来,惟妙惟肖,隐约有神。在雪积起来的时候,跨过他的门槛,望见拴马桩的旁边,两个仆役正铲雪,好让他用来堆雪狮子。

"和公子府邸相近的另外一户人家的宅邸前,其实已经有一头雪狮子了,是那一户人家的两个小儿所塑,青瓜为目,毡毛为鼻,连狮子身上卷曲的狮鬃,也都用雪雕刻得惟妙惟肖。

"公子心里觉得丧气,觉得再去堆什么雪狮子简直是索然无味的一件事,他对于重复别人已经做过的事毫无兴趣。

"一不做二不休,他随手在雪堆上雕刻起山峰,层峦叠嶂。接连几天,这小郎君冒着寒冷,依次刻出山上的奇石怪岩、阶梯、松林和茅舍。

"见到这雪之山的行人无不赞叹,赞叹的同时,还不忘朝那雪之山上呵一口雾气,倒也像是山上雪雾弥漫。

"这是望九的时刻,雪之山没有融化,洛阳干燥的寒风并未令雪之山坍塌,而是将那些亭台楼阁吹得晶莹透亮。

"坏事情是从立春时分开始的,雪在阳光下渐渐从锐利变得颓唐而多孔,公子觉得眼睛丝丝刺痛。

"第二天,雪之山变成了半融化的冰的山岭,那些屋舍和山上的道路已经模糊不清了。公子呼吸的时候,总觉得胸口围着一团湿冷的水汽,即使是把鼻子放到炭盆的正上方,还是觉得吸进肺中的空气异常之冷。

"第三天,太阳停留在天上的时间明显长了起来,雪开始变得黏糊糊的。公子觉得耳朵也开始不对劲,捂着耳朵都能听见哗哗的流水声,就像是耳朵里有两条小溪一样。

"到了立春过后的第四天,早上那雪之山终于不复存在。公子——这天跨过门槛的时候,突然两眼发昏,一头栽倒在街上。

"还没有到阳春天气,公子就病倒,几乎不省人事,恍惚间只见到四周黑洞洞的人影,湿淋淋地趴在窗外、屋脊上,甚至床边。他时而昏迷,时而模糊地醒转。他有一回,见到一个老者,白发白须,仿佛曾经掉进过水里一样,站在他的床头,极其凄凉地指责着:'阿郎,滔天大罪,滔天大罪啊。'

"然后那老者的脸就像蜡烛一样熔化,变成一摊清水,哗啦一下,扑在阿郎的衣服上。

"公子立即昏厥过去。

"公子的父母遍访名医,可是并没有用,后来听闻儿子曾经见到过人影,又找来符咒师,希望祛除那些作祟的恶灵。

"符咒师并未用上符纸,只是盛满一碗水,朝里望了一眼。

"'了解了。'他说。

"他仍然没有燃香作法,而是托人找了画匠来,一面向碗中水面望去,一面命那匠人画出了水墨山岭。画成则法成。画纸上是冬季的山间,参差坐落着石屋、陡峭的阶梯和被雪压低的茅舍。

"数日之后,公子悠悠地醒转过来。

"一醒来,他就惊疑地发现,那画面上白雪皑皑的山,竟和自己在雪地里所塑的那座山分毫不差。

"不过,那曾经在他身上出现过的绘画、诗文,甚至乐舞的天赋,那些令他与众不同的灵光,也就从此黯淡下来了。

"这个故事就是这样。"

"雪的山岭、亭台和庄园,本身就是不该在人间存在的,但是洛阳公子把它们带到人间来,它们也就真的存在于那里了。春日雪融,对于雪来说,本身毫无痛苦可言。但是……"

"但是,久而久之,那雪之山上被塑出的亭台、人像,自有了觉知。"李大宾接过话头,"于是原本自然而然的消失就变得痛苦了。"

"说起来,那些湿淋淋的融雪所化形的人、物,也不过是那洛阳公子与自身心力的搏斗而已。"明月奴偏过头,对此似乎不以为意,"有心而无力。创造便创造了,却没法控制,难免会发生这样的事情。"

"你这样说,是觉得这是创造者的错,而非造物的责任。"

"我倒是觉得,这跟错不错的没什么关系,而是有边界存在的缘故。"明月奴说,"有什么从那边界过来,那人间的东西就必然要到那边去顶替他们的位置。打个比方,你要从井里提上一桶水,必定要坠下去同等重量的石头。洛阳公子本身就做了一件'危险'的事情,因为他带来了本来并不存在于人间的东西,却没有把它们安置得当。而当符咒师把融化的雪之山画下来,那些失去凭依之所的山上人物、屋舍,再次附着在画上,就好比那石头放下去了,装满水的木桶才能真正提上来。"

"这倒是个有意思的比方,明月阿郎。"

"府君既然喜欢我的看法,那我也来讲一个故事。这是关于一个乐师的故事,是我从一位长安来的生意人那里听来的。尽管音乐只可以存在短暂的时间,不像三哥、府君你们喜欢作的诗文,也不像我喜欢作的画,运气好的话,也许可以留以传世。乐与舞,都只在演的时候是乐与舞,不演的时候,是看不见摸不着的东西。"

"没错。人们也总是因此轻视乐、舞,而重视诗、赋。"李大宾点点头。

"若是有一天,乐、舞,也能像诗文被纸保存下来那样,被别的什么保留下来,也许诗文倒会式微了。"冉枝又饮一杯酒说,"那大人与在下可能都要被永远永远地遗忘。"

李大宾摆摆手:"世间又何尝会记住我们呢?且不说我们,就是那些诗文大家,又何尝能永世留名?"

"其实,"明月奴说,"有了想被人记住的想法,就无论如何不可能真的写出传世之作了吧。画作也是同样。我倒是不希望真的被世人记住。"

"你说这句话,'不希望真的被世人记住',就显出了你说的实际上是假话。"冉枝轻拍了两下手,指着明月奴笑了起来,"世人自然会逐渐忘记该忘记的一切,记住该记住的,唯独不会在乎你。"

明月奴抬起袖子擦了擦冻红的鼻尖,讪笑了几声:"是。我的确有点害怕,但是我害怕什么,我自己都不清楚呢。而乐、舞不像我,它们不在乎自己,因着没有被留存下来的希望,也就算是解脱了。我要说的正是与乐、舞这倏忽即逝的悲伤艺术有关的故事。这故事是我小时候,一位曾经旅居长安的乐师对我说的,这乐师曾和这故事中的人有着一面之缘。"

"天宝年间,贼人安禄山还没起兵作乱的时候,长安有一位从西域康国来的乐师,叫作康莫天,是圣手李龟年的门生。除去弹得一手精妙的琵琶,他还尤为沉迷于搜罗各种本已失传的古曲,《兰陵王入阵曲》就是其一。你们知道,《兰陵王入阵曲》是从北齐流传来的,先为铿锵的军乐,但是经过市井传唱,竟也变成软舞一类,在玄宗皇帝早年间,又被定为'非正声'不得演奏,到了康莫天来大唐学艺的时候,早是几近失传。

"乐曲被作出,乐曲改变,乐曲消失,与人的生老病死可做相比,这实在是非常自然的,可康莫天喜欢反其道而行之,令乐曲重响,死者回生。渐渐地,那些盛行的乐曲对他失去了吸引力,仿佛它们的婉转、精密,都因它们正在被当众演奏,被人人传唱而削弱。这就好比众人的注视会使墙上的画作褪色一样。听起来很荒唐,但是他正是这么认为的。哦,让你们回想一支曲子,你们会怎么描述它?很难吧。但是对于他来说,风中、水中,甚至石头缝中,处处充满了音乐。

"有些音乐还没出生,它们四处飘荡,寻找能将它们弹奏出来的人。而更为隐秘的是乐曲的鬼魂,也就是那些曾经被演奏过,但是现在没有一人知道如何演奏的曲子。会不会仍然在对着什么人响着,而如果那人不仔细听,甚至会以为那是一片寂静——《高山流水》,还有再也无人知晓的《广陵散》以及当时已经再也听不到的《兰陵王入阵曲》,甚至无名人哼出的小调、遥远的古代的情歌,这些已死的乐曲,真的就彻底消失了吗?还是说,又回到了空中四处飘荡呢?

"对于康莫天来说,应当是后一种。

"机缘巧合,一次,他暗地里托人从倭国遣唐使那里得到一卷隋时流传过去的乐谱,这乐谱齐全倒是齐全,但是演奏起来,那凄清的调子,反让他觉得不甚满意了。他认为这是漂洋过海之时,船舶上的盐分和水汽,蚀去了原曲中应有的刀兵之意。转念一想,觉得胡笳、羯鼓之声雄浑、悲凉,也许可以弥补得了几分被海潮消磨掉的气息。于是他便叫了一两个会胡笳、羯鼓的弟子，只是说，自己作了一首新曲，需要他俩合奏。

"可是这曲子加上这些乐器合奏，听起来竟毛毛躁躁，根本不是他所期待的样子。

"来来回回地，他试了好些办法，有时是加上乐器，有时则是改换调性，却没有一次成的。有几次竟然听起来像某种媚俗的靡靡之音了。

"康乐师很快忧思成疾，你们看，这难道不正是美妙的乐音惹出的祸事吗？这乐声甚至还没有真正地出现。

"昼有所思，夜有所梦，直到一天晚上，他端坐在院子中间，顿悟的灵光像漫天银河一样朝他倾泻下来。除非时光倒流，万事万物重新排布，能再现这首曲子在北齐军中被第一次演奏出的状态，否则这死去的曲子，永远都不会再活过来。这就是说，如果不是在狼烟四起、战争频发的时候，怎么演这首曲子都是不足的。

"他心里思来想去，如果大唐也有可能狼烟四起呢？可是唐土四方仍然一片寂静，什么祸事都没有发生。他想，万一大唐真的也会陡然倾颓呢？这念头让他觉得自己卑劣，但是他就是控制不住这念头。以至于安禄山真的起兵的时候，康莫天竟然生出了是自己的愿望才造成这场祸事的错觉。

"而当谋逆的叛军冲进长安城，冲进他住处前的巷子，人人飞奔逃命，他却双目放出精光，拿起琵琶，跨出门去。他面对着那一小队叛军——就好比他是骁勇的兰陵王，身后有无数兵士列阵——开始弹奏，刀剑相击、击鼓鸣金之意从曲中升起，笼罩一切。原先杀红了眼的叛军，仓皇逃窜的百姓，都定住一般怔怔地听他演奏,仿佛周边的一切并不存在一般。等到最后一个音结束,他悠悠地倒下去,这时候众人才注意到,这个弹奏琵琶的人的后背其实早就被箭射成了筛子。

"据说也是古怪,听到康莫天演奏的那十几个叛军,晚上在营房里侧枕而卧,总是觉得耳朵下面湿乎乎的,像是在滴血,但是掀开帷帐借月光一看,什么都没有。这样一来二去他们都被吓得有点癫,估计一打起仗来,没三两下就交代了。

"跟我说这个故事的人,早些年旅居长安的时候,正是居住于在康乐师宅院遗址上修起来的新屋子里。住在那里的晚上,他时常听见耳边传来簌簌的拨弦声或者面具上金铃响动的声音而不见人影。后来向周边年老的住户询问,据说,康莫天所留下来的兰陵王舞的面具和乐谱,仍然藏在他宅邸庭院的某个地方。有些人还说,那乐师的鬼魂还常常徘徊在长安的这条小巷里,邀请路过的行人,或者居住的房主取出那些戏服和面具为他伴舞,与他合奏一曲。"

"有趣是有趣,可这故事中,本不该在世间存在,但又确实存在的事物,在哪里?"李大宾问。

"哈哈,使君认为这是一个有趣的故事吗?《兰陵王入阵曲》这一曲子,就是本不该在世间存在,但是由于康乐师的意念和行为,偏偏又回到世上的事物。不过,不该在世间存在的事物,实在是世间最好的事物啊。"

"小阿郎们的故事可都有些听头。"李大宾和蔼地笑着,见杯中胡酒已干,便扬手示意侍女斟酒。

侍女面露难色。

"怎么啦？怎么不乐意倒酒啦？"他有些微醺,开起玩笑来。

"府君,这葡萄酒也就剩最后这么几坛了。"

"哎？怎么会？刚才我和李三郎不都遣了人去市上,难道还没有回来?"

"大概沙州城里的商户没办法再从西边买东西了,所以西域的葡萄酒就没有了。因为吐蕃蛮子……听说有的吐蕃蛮子已经到了沙州四十里之内的地方,专埋伏在商队经过的地方,一发现运送的是茶米货物就杀人,要是运送的是珠宝就劫货。商人们都不愿意走这条道来沙州了。"

明月奴忽然又听见利器划破丝帛的声音,仰头一看,果然屋角上面四四方方的天空,咔嚓一下,不起眼地又裂了一点,他隐隐约约觉得这世界不可能会再好起来了,但又不是非常相信,一会儿又相信了。这样来来回回的,他竟然觉得有点恶心,只好端起杯子喝了一口酒把那恶心的感觉压下去。

"我已过知天命之年,吐蕃人来不来、什么时候来,我倒是无所谓的,只是可怜了你们这些后辈。"李大宾的手往大氅里缩进一点,"可即使吐蕃人这时候已经杀到我门口了,我也要来和你们说一个故事。这故事并非离奇得很,没有画中人,也没有鬼怪,相反,十分稀松平常,即使说这是我青年时代在长安所遇到的真实的故事,你们也未必不相信。沙州这样边远地界的人常常向往着长安,但是我要说了,长安实在是让人觉得大得可怕的一个地方。我虽然出生在沙州,但是像你们这么大年纪的时候,就被送到长安——名为受教,实则为质。那时当今圣上刚刚平定了乱军,待到一年之后气象清明,我就来到国子监读书了。我所见到的长安,早已不复开元、天宝年间的盛况，可仍然是恢宏得令人吃惊。这种恢宏不是健康的，而是类似谁生了一场大病之后的容光焕发，或者是烧荒之后黑黢黢的野地的恢宏。

"这个故事里，有一位皇孙、一位世家子、一位名门闺秀，和一位小户人家的女儿。那世家子和我当时同在国子监，算是认识。而皇孙我则不太熟悉了，只知道他父亲在安史之乱中亡故，家中还有一位长兄。那时李氏圣上登基善待幸免于难的皇族子弟，长兄被赐为郡王，他也由此得封了一个郡公的爵位，在太学受教。虽然后来怎么也没能取得功名，不过也算是很有本事了。那位世家子恰好相反，后来得以进士及第，仕途平顺，但是在当时看来这几乎是不敢想的，因为他们虽为世家，却是在大周时期受到过重创的败落世家，名声也并不很好。

"几乎是在同时，长安城里，一位佳人乘着两匹紫骝马拉着的车子来了。这小娘子的家世非常了得，父兄身居要职，母亲是郡君之封。但是，像所有体面人家一样，摊上了并不很体面的事情。她生就一副很风流的容貌，自然也就有了很风流的经历。其实这并没有什么，因为长安、洛阳的很多女儿家都是这样，只要不说出来，并没有什么关系。直到她实在瞒不住了，也只是跪在父兄面前大声言明：'这是皇室中人的孩子，万不要辱没了这孩子啊。'

"不能辱没了这孩子，而女子又不肯说出那皇室中人的名字，于是只好想办法把她嫁与有着同样身份的宗室子，这位重臣就找到了那位年轻郡公的府上。

"年轻的郡公根本不会同意，但他了解今上倚重这女子的父亲,万不能得罪,实在不好拒绝。可他哪里又能真的娶这小娘子,而令自己郁郁寡欢呢? 更何况他早年随兄长在安史之乱中奔走逃命时,和那帮助他们隐姓埋名、躲避灾祸的平民家的女儿相悦,而且已经有了一个一岁的儿子,正准备把那平民女子扶为正妻。于是,郡公就谋划出这样一出戏:他劝说那女子的父亲,不如选择将女儿托付给某个没落世家的子弟,这样一来,只要扶持这位世家子的仕途,万不愁女儿得不到善待,也许还能得到这个世家在朝堂上的支持。

"'大人,请听我一言吧。'也许郡公就是这样恭恭敬敬,甚至面带微笑地对那访客说,丝毫不顾自己的三言两语就能决定别人的命运,'如此行事,难道不比将小娘子托付于我这样一个纨绔王侯要好得多吗?'

"于是很快就有一个没落世家的父亲和郡公及那小娘子的父亲一同上书圣上,希望圣上赐婚。这样的一个家族,总是希望自己能和更有势力的望族联姻,而这一来终于得偿所愿了。那位在国子监读书的即将和这女子成婚的世家子,却是忧愁得不得了。一个翩翩少年,由于被强迫娶了这样一位新妇,竟不时说出自己'已经是个废人'这样的话。我们看他消沉了大概一年之久,在第二年初春的时候,他却又精神焕发了起来,每日课业一毕,他便甩着袖子飞跑着往他的马车上去,有时还哼着'纵我不往,子宁不嗣音'这样的小曲儿。我们也常拿这开玩笑,说人的心性实在是不长久,早先为了什么不痛快,现在倒也许成了件乐事。

"他就这样快快活活地过了一年,写了好些明朗的诗文,我们早以为他已经说服了自己,开始喜欢上了别人抛给他的妻子,不再为那件有点屈辱的婚事苦闷了。谁知有一天他神不知鬼不觉地去投了水。幸好一个国子监的同窗路过，把他从河里捞了起来，好家伙，吐了一地的泥沙水草，就这样狼狈到了极点，却也一个字都不肯说，只是一脸苦相，牙齿都要咬碎了。没人知道这是为了什么，但是猜测多半还是和郡公推给他的这件婚事有点关系。

"不久他竟进士及第，离开了国子监。又不过四五年的工夫，凭借自己的聪颖过人加上妻子母家的扶持，那世家子竟然在户部任了一个甚为重要的职位。他想必是恨惨了郡公，总是旁敲侧击地给郡公扣上一些生活奢靡、性情傲慢、不守法度的帽子，令郡公的兄长郡王大为光火。郡公只得在圣上和宗室众人都开始厌恶他之前，自请离开长安去往边地。而天子倒也没挽留，一下就准了他去沙州这样远的地方。边境苦寒，生活粗糙，恰逢那年沙州又闹了瘟疫，郡公和他所喜爱的，那时已是郡公夫人的平民女儿，一先一后染病离世了，虽说是自己随心所欲的因果，也实在是可叹，可叹。"

"府君，"明月奴问道，"你说我的故事问题不小，可你这故事里本不该在人间存在，又确实在人间存在的事物，又在哪里呢？"

"你仔细想想，这场惨剧难道就不是因为各自或为情或为欲奋不顾身而造成的吗？郡公的情感实在是不该存在于人间的一件事，但是又确确实实在人世间存在着。但是人们又仿佛都是傻的，甚至存有侥幸，觉得自己可以不付出任何代价就能得到它们。但是人世间哪里有这种道理？总有那么一些过错，情义或极美的事物，是谁都无力承担的。"

"这太牵强了，"明月奴皱起眉，"那如果人间没有这些本不该出现的东西，难道不会是顶没意思的一个地方吗？"

"这可不好说。你能这么说，大概就是因为，你还并没有见到这样本不该出现的东西。不过我老啦，"李大宾笑道，"你们那种绮丽的故事，我是讲不来，只能说说这种真正发生过的事情，但愿还没有让你们觉得枯燥无味。"

李冉枝坐在那里一言不发已经许久。

"三哥，三哥。"明月奴小声唤着，"问你哪，你说我说的对吗？"

"是啊，是的。"冉枝望向他，眼中似乎有一点光闪过，"如果没有那些昙花一现的事，那些出现了就是为了消失的事，我都不知道，我们这样活着该有什么意思了。总该有这么一个古怪的人或者物件出现，提醒我们，我们根本就不是浑浑噩噩地在这里。

"嗨，如果有一个人能够把这种事物抓住，无论是用画，还是用诗句，甚至是不晓文理的人，比如街头卖艺的傀儡戏师，或者敲梆子唱变文的说书人，那算是了不起了。

"就如同师父曾经跟你说的那样，天神和鬼神自有他们存在的缘起。如果在人的心中，没有一念升起，又没有那种一看就不属于世间的东西凭空出现，又怎会有壁画上的诸天、净土图和地狱变呢？"

所以我要找一个画中的人，明月奴想着，一个本该只在画中才有，但是人间又分明出现了的人。

李大宾在想，也许吐蕃人真的会打进沙州城里呢，那么大家都会死的。他有点害怕，但是又觉得自己一面害怕，一面又装作毫不在意的样子有点可笑。

冉枝又在想些什么呢？这些故事让他觉得，人生莫过于幻境，顷刻消散。

无论如何，宴会在三人的思绪中散了，那些轻飘飘的念头，和飞絮一般的白雪，一齐呼呼地裹在风里，瞬间无影无踪。

冬季，画师们只和供养人商议事情，交付银两，雇用工匠，开春之前不会前往千佛洞绘画。于是明月奴的冬天，过得十分悠闲。过了小寒，兄弟两人踏着数尺厚的雪，摇摇晃晃顺着沙州的街道走着。明月奴喜欢这种景象。天地间一片茫茫，放眼望过去，并没有什么人忽然成了偶人，也没有天塌下来、水涨起来埋掉、淹掉了路这样的怪象突然出现。

"今天我带你去一个地方。"冉枝说着，拽过明月奴的袖子。他们穿街过巷，那些干燥的雪片如纷飞的羽毛沾在身上。两人东倒西歪地踩着咯吱咯吱叫唤的地面，走到离李大宾府邸并不远的地方——沙州的显贵豪族们聚集的地方——那里伫立着另一座庭院。原先朱漆的大门没有上锁，冉枝用点力气推了两下就开了，风呼呼地灌了进去。

"这是哪里？"明月奴朝大门里环视了一圈，可以看到雪下枯黄的蒿草、蒺藜。

"这是李大宾故事里那位郡公在沙州城的府邸，我刚来这里时的家。"

"郡公？那个因为自己对平民女子的私义，而把婚事推给他人的郡公？"明月奴瞪大了眼睛。

"没错，不过这故事他还没说完。这故事里，还有那淮安郡公和郡公夫人的儿子。"

"是你？你不是汝阳王的后代吗？"

"这也没说错。淮安郡公就是汝阳王的孙子。"他从大氅里取出一柄镶玉的匕首，交到明月奴手上，"打开看看。"

抽刀出鞘一看，雪亮的刀身上，果然刻着三哥的名字，和他"宛河县公"的封号。

"喜欢吗？喜欢就送给你了，我不是喜欢动刀动枪的人。"

"三哥，"明月奴在他身边坐下，有些局促，"我没料到，你还有这么些故事。"

"这故事精彩吗？"

"精彩。"

"精彩的故事都是血写的。"冉枝轻描淡写地说，"你不知道，李大宾的故事还有没说完的部分。"

"我能知道吗？"

"能。沙州当时闹瘟疫，也并不是什么厉害的疫病，如果要治郡公和夫人，都是可以治好的，只是不知道为什么，草药就像不起作用，我猜是被人换了。他们一离世，所有的仆从和侍女全都作鸟兽散。我当时还没有十岁，若不是郡公和夫人托付师父照拂我，我还不知道身在何处呢。"

"幸好这些事情都过去了，不是吗？"

"过去了吗？"冉枝习惯性地挑起一边的眉头。

"没有过去？"

"有些事情，根本就不是说过去就过去的，你就是花九牛二虎之力，也未必能让它们真的过去。如果父亲真的曾经对别人做过这样的事情，我现在遭人报复也是难免的。"

"你的意思是，府君是在提醒你什么？也是奇怪，被强行指了这么一桩婚，不快便不快，也不至于恨到要夺人性命啊……"

"没错。故事里那位世家子，或许现在就正好在沙州呢，李大宾可能想提醒我提防着他。不过关于父亲做过的这件事，谁也没和我说起过，我实在也不清楚沙州的公卿里谁会是那个和他有过节的人。不过也不一定，谁知道李大宾他自己又在想些什么。"冉枝蹙起眉头。

"我觉得李大宾也许是个好人。"明月奴认真地对冉枝说。

"突然说这个做什么呢？"

"不知道。只是觉得，他可能是个好人。这也就是说，他是个并没有多少能力的人，你没有必要担心他。"

"那你看谁不是好人呢？你觉得我该提防谁？"

"阎将军不是好人。贺兰使君也不是好人。周使君也不是好人。"明月奴一个接一个地回想着开窟大典上所见到的台上的官员们，"没错，不是好人但也不是坏人，就是平常人。平常人，最麻烦。"

"这怎么说？"冉枝有一搭没一搭地问下去，并不想知道他那胡说八道的答案。

明月奴也不回答，只是自说自话道："至于李大宾，我要为他绘一面了不得的壁画。"

"怎样了不得的壁画？"

"还能有什么别的了不得的事？就是我们刚才说的，本不应该在世间存在，但是又的的确确在这里的东西。他说我从来没见到过这样的东西，也不希望我见到，如果我偏想见呢？还有什么比这个更了不起的呢？"

"大概是，本来世间该有，但是实际上并不存在的东西。"冉枝抖了抖肩膀上的雪，嘴角又挂起了那种轻松的不以为然的微笑。

"那又是什么？"明月奴不解道。

"比如极乐世界，比如觉悟，比如大道，比如法度，这一系列被凭空造出来的、企图表示某种希望或者美好的词语。"

"为什么？"

"因为，当人开始说这种东西的时候，其实心里就已经知道，自己，甚至不仅仅是自己，已经完蛋了。"

"本来不该存在，但是世间确实有的东西，和你说的，本来应当在世间，但是并不存在的东西，本来就是同一种东西。它们在这里的时候，就显得不该在这里；而不在这里的时候，就变成应当在这里了。"

"这话被你讲得甚是啰唆。"

"你说得好，那你自己来说。"

"这从来就不是什么应当不应当在这里的问题，而只是在与不在的问题。而在与不在，都是一样危险的。"

兄弟二人并肩在那倾颓的旧宅拴马桩前坐着。明月奴盯着那拴马桩看，这石像的两只眼睛，竟然活灵活现地朝他转了起来，他不由得打了个哆嗦。而雪兀自更深一分。

明月奴挟着炭条、稿纸到沙州的街上去的时候,这场雪就开始化了,而下一场雪还在高空的云层里躲着。这让无常的、缤纷的世界,在消融的雪下渐渐显出了端倪。明月奴那只伤眼里看到的一切,又开始万象纷呈。

什么是本来并不该在世间存在,而又真的存在的东西呢?他边画边找。人们褪去了血肉,渐渐地在他的伤眼中变成彩漆的木傀儡。

早市里做小买卖的老妇人,被流窜的盗匪几刀捅死了。雪暗暗地透露出一点红色来。妇人的儿子跪在那里哭。明月奴隐在街角的影子里,画那儿子因痛苦而扭曲的脸,画那些尖的圆的泪珠。

有一个羸弱的士子,走路时一个趔趄摔倒了,手捧的一沓纸四处飞散。士子忙不迭去捡,却被路人捡起了几张,原来是诗稿啊,路人高声念诵起来,末了还带着围观者哈哈大笑。明月奴躲在围观的少年郎们身后,画那士子像是被揉皱成一团似的衣服和脸。

他旁观过有一家正失火,那火是蓝色的,火还在烧着,里面还有人的叫声。他手抖个不停,想画那蓝色的火,也想画那叫声。

年老的百夫长要去向使君进言,说吐蕃来犯,沙州危矣,求使君想想对策,却被差役们大骂妖言惑众打了几棍,一瘸一拐地出去,没走几步就扑倒在地。他蹲在不远的地方,画老人稀疏的胡须。

明月奴到秦楼楚馆附近的街上,画那些灰头土脸跪在街旁、头插草签的小娘子,画她们褐色、金色、灰色、黄绿色的眼睛,和恶声吆喝着买卖她们的人牙子。

每次画完,不可阻挡的恶心都让明月奴有点想给自己两个耳光,但是他没有打。有酒的时候他喝一口,没有酒,只是咳嗽两声,也就压制住了。

他寻思着,这些事情画下来也是没有用的。什么时候能用得上呢?谁会要这样一个阴惨惨的壁画?想着想着,心就重重地掉到地上。

明月奴就这么沿街一直走,直到看见胡人安延那低着头在路边喂那些驮满了香料的骆驼,心才从地上跳起来那么一点点,他看那家伙刀劈斧削一样的脸孔,刻薄得有点恶意,正可以画成怒相的天人,或者阿修罗。

"神爱哥哥,你这么俊俏,我就照着你来画天人吧。"明月奴做出一副嬉皮笑脸的样子,挡住了安延那的去路,牙齿间咬着一枚金币。

安延那头也不抬地说:"我不缺钱。"

"我也没说要付你钱。你去刨坟,虽是古坟,可也是够进班房的,我都能答应你去给你放风,你兄弟面前有麻烦,你却一点义气都不讲。"

"不付钱那就更不可能了。你指望我会白白穿着戏服,痴呆一样站在那里好几天,连脖子都不能动?不去。"安延那这时才眯着眼打量起明月奴一身的打扮来,目光不由得落到那柄华贵的匕首上,"小子,匕首哪儿来的?"

"三哥送我的。"

"哦,大唐皇家的东西,少见啊。"安延那伸手就要去抢,"可否借我看看?"

却不想明月奴往后一躲:"答应站在那儿给我画,就好商量,否则免谈。"

安延那嗤笑一声,又低头给骆驼喂草料。

"呵,谁稀罕。那我再找别人去。"明月奴身形一闪,隐入街市上摩肩接踵的人群。安延那再次抬头望向明月奴奔跑而去的背影,细长的眼睛中荧荧地闪着光辉。他觉得无聊。而他觉得无聊的时候,就一定要做点什么,做点什么从来没做过的。于是,明月奴这么一找,就引出了很多事情。

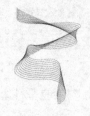

社　祭

　　难道没有人在年老、疲惫、不知所措的时候，希望再听见自己少年时的嗓音？那就让我再次向你们展示盛唐最后的画卷。繁盛之间可以瞥见衰落的征兆，比如那天早晨，大历十二年四月上旬的一个早晨，我们来看看沙州名士李大宾。李大宾坐在庭院里的紫藤树下，仲春时节，惠风和暖，满目都是铃铛般的花序，他招呼管家斟些好茶来，冲淡些这满目的紫色。

　　"府君相公，已经没有茶了。"管家露出了为难的表情。

　　"那就烦劳你到集市上去买一些回来，"李大宾温和地笑着，"钱多一些也不打紧。"

　　"可是府君，不是因为钱……集市上根本就没有茶了。"

　　"这样啊，这样。"李府君皱起眉头，"不过，怎么会呢？"

　　"还能因为别的什么呢？中原来的商队被吐蕃人一堵，根本走不到我们这里，哪里还能买到茶？吐蕃人专拣商队来杀，也不是为了抢，就是为了断了商队再来沙州的念头。"

"这可是大麻烦。没有丝帛、茶叶运到这里，那想必西边也不会有香料送过来了。"李大宾不由得叹了一口气。

"市中的商贾越来越少了。只怕以后日子要难过很多。"

我们来看看沙州城自己：沙州城里的气氛，更加怪异了几分，每逢节庆，赛会的规模明显小了下来。

那是春天的中途，小满节气，麦苗正拔节结穗，沙州城郊的农户们正在赛青苗神，如果慢悠悠地骑着马或者乘着车，从城外走到城里，老远就能听见他们社祭的歌声：

> 营翼日。鸟殷宵。
>
> 凝冰泮。玄蛰昭。
>
> 景阳阳。风习习。
>
> 女夷歌。东皇集。
>
> ……

这歌声是不是比以往微弱了很多呢？

明月奴在盂兰盆节的赛会上吃了亏，但仿佛一点记性都没有，在去青苗神赛会的路上还是一副游手好闲、随时要寻由头找点事的样子。而在他决定要去城里的赛会上玩乐之前，人们已经开始往他的身边凑，纷纷提醒他一些众人皆知，只有他看起来还毫无头绪的事情：沙州城里似乎有些不对劲。

"你未必不知道吧？"这是师父问他，因为这一年，除了李大宾委托兴建的那个石窟需要他们来绘画以外，别的沙州世家还没有一个来请他们去作画的。这倒也不古怪。这些世家的财富一年少似一年，而造一个佛窟，无论对于谁来说都是要周转一段时间的。

明月奴摇摇头。

"你未必不知道吧?"这是三哥在问他，因为他好像也很久没有得到长安那边的消息了。

明月奴摊开手:"你说的这些都是皇亲贵戚的事情，我哪里会知道这个?!"

"你未必不知道吧?"这是杨武龄师父手下那些刚刚学会描线，平时只能打打杂的小学徒围在一起脆生生地问他，"明月郎君，你答应给我们买的那些长安运来的小玩意儿，怎么街上都没有人在卖了呢?"

明月奴朝小学徒们做了个鬼脸:"谁答应过给你们买这些劳什子的?!"

明月奴和为数不多的住在沙州城里的人一样，假装吐蕃人在陇西的征伐根本算不得什么，沙州城里的一切事情都会像过去那样继续下去，而一切又都终将过去。

而其他所有人都试图提示他，沙州正在慢慢地被时隐时现的外敌侵扰着，沙州危险，危险到沙州的地面有一天会突然张开大口把所有的房子和人都吞下去。黄昏时分，猎手回家，罗网收紧，不紧不慢，吐蕃人开始徐徐收获网中的鸟雀。

然而知道了这些又有什么用呢?

没有一个人能舍得离开这里。

赛青苗神的那一天,冉枝郁郁地有心事,也许是李大宾所说的那个故事的缘故。他心里不太乐意陪明月奴去赛会上游逛,于是便嘱咐明月奴先去颜料坊买些彩石,再去酒肆二楼和他会合。

于是他和冉枝分头走,没一阵子在十字路口碰见了索阿乙,后者正在和颜料坊的坊主商议进价。行脚商的面色跟以往比起来显得更不好看了。

"明月阿郎。"索阿乙和他打了个招呼,"眼睛好啦?"

明月奴转向他,没想到却看到索掌柜的脸几乎变成了某种蓝绿色的金刚怒相,吓了一跳,只得眯了眯那捣乱的左眼,"无碍,无碍"地应承了几声。

"沙州这个地方不可久留。"索阿乙一脸严肃,"趁着还来得及,叫上杨武龄师父,还有你那个皇孙哥哥,赶快到中原去吧,即使不到中原,也该到祁连一带躲一躲才好。"

"索大哥这是开什么玩笑?"明月奴挑拣着笼筐中的彩色矿石,莹莹发光的绿色粉末沾在袖口上,"我和师父的全部身家都在沙州,今年又有李府君委托作画,这一句话没有地就躲出去,算什么呢?"

"我看你只是因为喜欢画画才留在这里的吧?"

"可不好这么说,哪里有什么喜欢不喜欢?"

"阿郎,喜欢便是喜欢,有什么不能承认的呢? 你这样八面玲珑又哪里得过好处?"

明月奴深深地看了索掌柜一眼,又回头掂量着手里挑选的彩石样品,正准备跨进颜料坊的店门,没想到和一个高胖的泥塑娃娃似的身影正撞了个满怀。

颜料商的痴儿子绕了几圈,一张胖脸凑过来,一本正经地对明月奴说:"你知道的,你知道的,你知道的!"

明月奴一惊,腹诽着不想和这白痴多啰唆,忙把孔雀石揣进口袋:"索掌柜,告辞告辞!"

"郎君等等,郎君等等……"

只见痴儿子挤眉弄眼笑着,牵着他的袖口把他扯到路旁杏树底下,大猿似的伸手一够,折了一根树枝下来,硬生生掰开明月奴捏成拳头的手,塞到他的手心里。

"郎君拿好,郎君拿好……"

明月奴蒙了,好一会儿才反应过来,直愣愣地问一句:"拿着这个作甚啊?"

待他问句出口,痴儿已经蹦跳到两丈之外的地方了,一面蹦一面还喊着:

"往左走三条,往前走两条,就到啦!"

"到哪里?"明月奴低头看着杏树的枝条,那枝条正在吐绽花蕊。花瓣上血丝般的颜色,柔和得让人心惊。

"到画里去。到你的画里去。"

天空高阔,碧蓝如洗,不像是真的。春天的气息,让地面蒸腾起甜丝丝的雾气,世界巨大的心脏在怦怦直跳,就像什么了不得的事情就要发生。这事情如此广阔,无所不在,让人迷醉。

他就这样跑过大街,手里攥着一束树枝,甚至在无意中把那树枝举得高高的,像是在等着什么,像一个信号,仿佛是在等什么人,又好像是在把自己扮成一个诱饵,告诉那广阔的了不得的事情:来找我吧,我就在这里。

可了不得的事情在哪儿呢?

就在他感到无聊,甚至恼怒自己竟会相信一个痴儿的瞎话的时候,那不得了的事情,本不该在世间出现,但又确确实实在世间存在的事物,闯到了他眼前。

他无意间瞥见了街边一个小小的身影。那是一个小小的舞姬,某个不值钱的家伎,一个眼睛深黑如同新鲜泉水的女孩子,最多不会超过十六岁,帽饰金铃,她展腰旋腕,正跳康国名舞《屈拓枝》。方才还谈笑风生的年轻画师,在对她凝视了一会儿之后,就如同一块木头似的直直地仰面倒了下去。为什么?谁知道为什么?也许是因为她那橙红的裙摆让他想起花瓣丰厚的石榴花,想起麝香和用来塑像的河泥的浓烈气味,也许是她唤起了他对于那个早已远去的母亲的回忆,也许是她的旋转,一个曲转腰身的动作,让他想到病中剧痛和死前痉挛。谁知道?总之,绝不可能的是因为突然的爱,因为她并不算很美,腰身也太过纤细。在他倒在地上,晕厥过去的前一刻,隔过来来往往的行人那些穿草鞋的脚,穿毡靴的脚,那些冷漠而碾压一切的脚,看见了她那穿着红色绢履的小脚,它们飞快地跳着,如同两片翕动的嘴唇。它们旋转中奇特的颜色让他的左眼一阵剧痛,然后就没有了知觉。

等他醒转过来,看见的仍然是三哥,而先前他一直拿着的杏树枝条不见了,也许丢在路边,也许就此凭空消失了。

"你怎么样?还是眼睛的问题?"

他睁开眼睛,惊讶于发觉自己躺在酒肆的长凳上,在他自己的印象里,他应该已经晕过去一百年那么久,这酒肆,这长凳都是没理由存在的,只有见着三哥他是一点都不惊讶。

"明月儿,你好些了没?"

他一翻身跳将起来:"我要把那个舞伎买下来画伎乐天……"

"什么?"

"那边那个红衣服,买下来,画她。"明月奴捂起右眼,朝刚才看见舞伎的方向指着。

李冉枝不紧不慢地拂了拂衣袖:"你的钱从哪来?"

"不是刚和李大宾商议,给佛窟绘画的钱,月末的时候就可以交到我们手上吗。"

"你是不是傻啦?把他给的钱还花在他要你画的东西上?"

"三哥,"明月奴闭上眼睛,眼前一片橙红的水光,几乎是浑身发冷地垂下手,"那从来都不是别人让我去画的东西,那是我所画的东西,是你曾经说的,我对我的画又怕又爱。这事可以说是性命交关,我非做不可了。"

"可你画好了,又要拿她怎么办呢?"

"画好之后,随便遣到哪里去就好。"明月奴随口答应。

"你自己看着办。这是买一个人回来。你可别到最后玩掉别人的性命啦。"冉枝拍拍他的肩膀,也不置可否,径直从酒楼里走了出去。

"三哥!三哥!"他连喊了几声,想见着那个身影掉转回来。

可是三哥为什么连头也不回呢?

管不了这么多了。他一咬牙,跨过门槛,同样头也不回地朝着来时的路走去。

明月奴手脚轻捷,不多时就又转回到那有许多家伎站立着的院子门口。路上他突然感到一阵恶寒:"往左走三条,往前走两条啊!"果不其然,竟然和痴儿子说的路线一模一样。他不敢细想,只好当作巧合。"红衣服"似乎从很远的地方一直就朝他看,几乎是令他毛骨悚然地朝他笑了一下。他强忍着,才没像个被一脚踢烂的罐子,碎成几片砸在地上。

"阿伯,这个小娘子我可以带走吗?"明月奴指着红衣服的手指微微颤抖,嘴唇失血一样地发出白色。

"怎的不可以呢? 我家郎君要钱周转,不得已才把这乐人班子遣散了,只要阿郎你带的钱够多,就是把这一队唱唱跳跳的小娘子全部带走都可以。"

"我是没有带那么多银子,但是,我之后一定会交给你的,这次李府君叫我给他造壁画,等到酬金一来,我定会交给你,借据我可以写,但你先让我把这个小娘子带走,没有她我画不出来!"

"哟,哟,阿郎,这是什么道理? 你画画还要买小老婆不成?"

"你懂啥? 谁说是买小老婆?"明月奴强装硬气的样子道,"我是照她那个样子画伎乐,画菩萨! 我要是真找老婆,还用买吗? 凡是让我造窟的供养人家里的女公子,都算得上我半个老婆!"

"不成,"那管事的汉子说,"不管你这是为什么来的,为的是画神仙也好,画恶鬼也好,哪怕你把沙州城墙都给画塌了,让吐蕃蛮子刀架到我脖子上,银钱没带够,我还是没法把小娘子交给你的。"

"喂,我说! 阿伯! 我不是缺钱的人,可这刚开春,手头也要周转⋯⋯"

管事汉子不理会他,这时路上层叠围过来的人,推推搡搡,把明月奴挟裹得离红衣小娘子越来越远。

唉! 这该怎么继续下去呀。

故事到这里需要一些钱。或者说,明月奴需要一点现钱。

神爱是那个有很多钱的人。

明月奴需要神爱出现在当场,于是,我们就让这个绿眼睛的粟特人出现在当场,让他恰巧站在明月奴身后,也让他做好准备,做一件他从来没有做过的新鲜事情。只是这时候他还不知道这件事究竟是什么。

空中的画笔悄然运行。

"明月兄弟!"神爱用他那有些口音的汉语高声喊道,"看什么热闹呢?!"

"神爱哥哥!"明月奴双眼发光,一跃而起,向他走动,"借我点钱可好?"

"借钱作甚?"

"买个人哪!"明月奴指了指红衣家伎。

神爱眼都不眨地掏出随身携带的银子,扔到明月奴手心里:"这下欠你的人情,算是还完了!"

"多谢!"

明月奴拨开人群,又一次闯到管事汉子前面:"这下钱可够了!"

"什么名字？"

"不知道。就是红衣服，跳拓枝舞的那位。"

管事汉子翻看这家主人交给他的一张纸，那上面记着这些乐伎的名字和估价，一个一个念下去，那队乐伎里不断有人应答。

眼见着所有名字都被念完了，却并不见着那个跳拓枝舞的小娘子答应。

"奇怪，根本就没有这个红衣服啊，是我记漏了吗？"管事汉子自言自语起来。

"喂，红衣服，你叫什么名字？"他招呼那小娘子。

仍然没有应答。

"问你呢！"

红衣服以令人难以置信的优美姿态抬起手，指了指自己的喉咙。

原来是个哑巴啊。

"可惜可惜。"围观的人群嘀咕起来，"如此姿容，哑了也不值钱了。这小阿郎买走她好亏本。"

"小阿郎，先把银钱给我，一会儿我再给你从名册上找这小娘子的名字。"

明月奴却不见后悔，登时便抬起手向前倾去，眼见就要将钱送到管事汉子手中。

谁知有一道声音就在此时劈了下来："慢着！"

接着就有一柄散发着龙涎香气息的折扇横在他和那管事汉子中间了。他顺着那扇子看过去：看见紫色流光的袖子，胡服翻领上金线绣的领口，以及一张白皙高准，眉目疏朗，乍一下看起来和三哥还有几分相似的脸孔。

那张脸正朝他扯出一个微笑,停顿了几分就回过头去,同时不紧不慢地说:

"阿伯,这是所有的钱。不仅这样,我还加一点。我也要带那个小娘子走。"

"郎君,贵客,贵客。"管事汉子登时眉开眼笑,向来者不住行礼,料想是谁,竟然是贺兰副使家唯一的公子贺兰泽,"不知郎君你说的是哪个小娘子呀?"

"红衣服的那个。"

"可是,郎君,这事情难办。你说的小娘子,已经被刚才那位碧眼小郎给订下了……"

"不打紧。"贺兰泽笑道,"如果我加一点钱还不够的话,我用两倍的价钱,可否?"

"你这是什么道理?"明月奴喊道。

"是啊,郎君,这不太好吧……不如……"管事汉子看看明月奴,又看看贺兰泽。

贺兰泽并不理睬,只是又劝说那管事汉子:"阿伯,如果这样还不行,我就把这一队乐伎都买下来,还不够吗?"

"这……"管事汉子摊着两只手,左右又端详了一下,终于还是一脸歉意地转向了明月奴。

"阿郎,对不住,我家实在是需要周转,不如你就先把红衣小娘子让给这位贺兰郎君吧。"

"这是凭什么?"明月奴好容易才没有去揪管事汉子的衣领,"就凭他父亲位高权重?还是他给你坐地起价?"

"是是是，实不相瞒，就是这样。"管事汉子脸皱成一团，"莫说我这样的小民，就对我家郎君这样的沙州望族来说，贺兰副使都是惹不起的人哪。"

"好一个惹不起！"明月奴刚想和他们争执，却被神爱一把拖到人群之中："嘘！就先让他把她带走，一会儿等人散了，我们单独跟着那公子去，再想办法。"

管事汉子就一手交钱一手交人，接过了贺兰泽递过来的那个装钱的锦缎袋子，示意那红衣女子跟他走。

鬼神般的小女子袅袅站起来，像是跟谁走，往哪儿去，去做什么，都和她无关。甚至好像她根本就不是一个低微的可以被转手买来卖去的舞伎一样。

贺兰泽带着红衣女子一前一后地走着，看见先前那两个年轻人尾随而来。他走过大路，就拐到一条偏僻的小道里去，想甩掉他们。

明月奴追着追着，突然失了贺兰泽的踪影。只见神爱对他唇语："孬货！你傻吗?！他躲到那巷子去了！你从左边过去，截住他！"

明月奴于是跌跌撞撞地跟上去，到了巷口，才突然觉得有哪里不对劲。

沙州城里什么时候还有这样的巷子？

那巷子仿佛没有结束的地方，一直、一直向前延伸。

贺兰泽就在那巷子的中间背向着他们站着，奇怪的是，他并没有要走的意思，好像是专门在那里等着他们，或者说，为了等一件几乎不可能的事情在他身上发生一样。

明月奴和神爱轻手轻脚地跟了上去。

"阿郎,我跟你本可以啥都不用说。"待到明月奴离他五步远时,贺兰泽突然回转过身,"但是你既然追来了,我就告诉你为什么我一定要带这个乐伎走。"

明月奴哪里听他解释,冲上去就要和他扭打起来。

"你倒是说啊。"神爱再一次拦住了明月奴,"说吧,请讲吧。"

"因为她本来就是我家的舞伎,走失到这儿,被这个管事的收留而已。"

"你以为我会信你?"明月奴咬牙切齿。

"你信不信都是这样,我父亲平时爱看《屈拓枝》,一队舞伎里少了一个,舞也就没有看头了,就命我来寻她。"

"你就继续编吧。"

"啊,我何苦要编故事,骗你这样一个小孩子呢?"贺兰泽唰地一下张开了扇面,"这小娘子名字叫作绿水,这家管事的竟然让她穿这红衣服,实在是不风雅得很。我父亲在家里,从来都是给歌伎们穿合适她名字的衣服的。"

明月奴收起了愤怒的表情,故意摆出一副玩味姿态:"你的父亲,就是那个贺兰使君?"

"正是家父。"

明月奴望了望,笑开了,接着一句话恶狠狠地掷了过去,仿佛是为了贺兰泽奚落他是"小孩子"置气一样:"原来还以为,沙州的使君大人是个什么正经人,这样看来,果然是没能好好教你。"

　　唉,事情该怎么继续下去呢?

　　谁知明月奴那一句话刺到了贺兰泽什么痛处。贺兰泽怔怔地盯着明月奴打量,打量不知道哪一处,原先平心静气的贺兰泽,陡然升起怒意,竟一言不发伸手寻剑。

　　贺兰泽一拔出佩剑,就朝明月奴刺来。明月奴只觉一道白光挥过,有人制住了他的手,把贺兰泽挥来的那一剑隔开。

　　就在明月奴抓住贺兰泽手臂,准备把他打晕推开时,神爱却捂住了贺兰泽的嘴,干净利落地拿了什么东西往他的脖子上抹了过去。

　　贺兰泽眨了眨眼睛,就一声不吭地倒在地上。

　　明月奴呆住了。很多血喷在他的头上,衣服上。

　　他蹲下来,惶惶然对着那倒下的人,没想到贺兰泽一把揪住了从明月奴衣领掉出来的玉佩。

　　贺兰泽目不转睛地瞪视着他。明月奴吓得牙关打战。

　　"你是谁? 你从哪里偷的这个?"贺兰泽原本生动俊俏的脸上显出了将死的灰白色,嘴里开始随着说话冒出血沫。然后就松开手,再也不会抬起手来了。

　　恶心、恐惧和一种奇特的快感正从明月奴脚底下那块渗血的沙土里慢慢爬向他的头顶。

　　神爱是什么时候从自己的腰带上解下匕首,又是怎么算计好自己一定在这个时候抓住贺兰泽的?

神爱杀了一个人。

确切地说,是神爱抓住了明月奴的手腕,用明月奴手上哆哆嗦嗦捏住的匕首杀了一个人。

可是如果他没有眼疾手快杀了那人,自己估计早就已经到九泉之下见那从未谋面的先人了。

杀人的真的是神爱? 如果杀人的不是神爱,那就一定是自己。扪心自问一下,难道自己就一点都不想杀人吗?

一定是想的,一定是想的。心底里一个声音说。明月奴拼命地摇了摇头,想甩开这个念头。

不是的! 并不想! 并不想! 他一下子坐到了地上。

"哎呀,明月兄弟,你是小娘子吗? 被吓成这个样子……你看,人家真正的小娘子,都一点也没害怕呢!"

明月奴抬起眼睛,只见红衣家伎确实没有一丝一毫被吓到的样子,薄薄的嘴唇倒是勾起了一条弧线,仍然是那美得让人毛骨悚然的笑容,在这阴惨惨的巷子里格外俏丽。她蹲到地上,试图把他扶起来,一双瞳仁黑白分明,晃得明月奴东摇西摆。

神爱见他看得痴了,挥手朝他脑壳上轻拍一下,再掰过他的头,让他看地上贺兰泽的尸体。

"明月兄弟,你说要还我人情,这下你怎么还?"神爱咧开嘴角,朝他直笑,衣襟、袖口整洁得就像刚刚浆洗好一样。

明月奴浑身颤抖,张了张嘴,什么也说不出来。

良久,才抽着气问了一句:"你杀过人?"

神爱摇摇头:"没有,这可是头一回,我也算长见识了。人也不是杀不得。"

"这也值得？你就为了我那一幅画，就为抢个人，好让我画一幅画？"

神爱笑吟吟的，两只眼睛微微有点发光，像是两小撮火苗："谁说是为你的画？你的画关我什么事？你神爱哥哥做事从来不论缘由。我只知道只要做这事不会送命，自己又能做到的话，世上什么事都是干得的。现在四下无人，只要我们销毁了物证，谁还知谁杀了他？再说这官家公子都能这样夺人所爱，看来横行乡里不是一天两天，我把他了结了，倒也算是为民除害了。"

两人面对面站着，明月奴满头满手的鲜血，安延那的身上却干干净净的。他们低声辩驳着，仿佛说的不是杀人偿命的凶案，而是在讨论斗鸡把钱押在哪一边好，或者这次的酒菜谁来请。

"你说还能怎么办？他已经死了，你能再让他活转过来不成？"

"是你杀了他。"

"用的是你的手。"

"那匕首是三哥的匕首。"

"这就不是我能管的事了。"

"你真该死。"

"不。如果我们不把你身上那衣服处理掉，你不是该死，而是一定会死。"

说着，安延那从尸体上拔出匕首来，那动作的流畅和大胆，就像是他折下一朵花送给女人，或者是从行李中抽出账本扔给仆役。

明月奴用力地抿着嘴，但是上牙和下牙还是咯吱咯吱地不断磕碰在一起。

"愣着做什么?! 还不快收拾跑路?!"

"明月兄弟,"安延那见他无甚反应,料到是吓得发蒙,就推了推,手里拿着李冉枝的短匕首,"我要去西边了,从昆仑山口走,回我故乡去。之后我也许到波斯人的地界,据说那里人画起画来的架势就像豹子那么凶猛。他们的笔尖尖的,用芦苇管削成,有豹子眼睛那么锐利。你要是愿意,就跟我一起去那里吧,看在我们至交一场,我带你逃难去。"

明月奴怔怔地,半天才来了一句:"那三哥怎么办?"

"你我杀的人,跟那皇家公子又扯上什么关系啦?"

"我刚才说过了,你手上那是三哥的匕首。"

"这娘老子的可就不好办了。"安延那暗自思索着不妙,御赐匕首的形制和其他匕首不同,如果不销毁,顺藤摸瓜总能找到,狗日的匕首上还有皇孙名字,查到皇孙必然就能查到明月奴,查到明月奴,自己也就跑不掉。总之,万不能让这小子先自己到官府去自首,这样一来,无论是他还是自己,都肯定死无葬身之地了。思来想去,只有先吓吓他,让他没胆子去报官。使君的儿子被杀,事情肯定闹得很大,可单只有尸首,官府查起来绝对也没什么头绪,也许最后也不过是一桩无头案罢了。

"我们把这带血的衣服、匕首,都先埋到疏勒河边芦苇里,衣服自会烂掉,匕首嘛,刀背上面刻着你那皇孙哥哥的御名,要是被发现了,我们谁都救不了他,所以你最好按我说的做。这已是五月末,六月雨一下,疏勒河涨水能把渡口都淹了。衣服不用说,肯定能泡得烂个差不多,至于匕首,河水一退,埋在泥沙底下有数尺深,料是千手千眼的观自在大士,也不一定能找得到。这样成不成?你来啊,过来说啊!"

安延那右手持匕首,刀刃向内,张开双臂,好像在欢迎明月奴走过来,好像在说,你走过来,我并不会把这个匕首扎到你的胸口或者喉咙或者腹部,可是他自己都不知道他会不会这么做。

这是最好的方法,安延那想着,如果连眼前这个自己的"好兄弟"也一齐杀了灭口,那就永远不会有人知道他究竟做了什么了。

可对面少年人湿漉漉的眼睛朝他望着的时候,他就知道,这世界上永远都会有一个人知道他究竟做了什么。

明月奴似乎也觉察到了这种忽明忽暗的意图,他警觉起来,向后退了一大步,伸手抹了抹脸上的血迹,一字一顿地说:"好,就照你说的办。到疏勒河去,把这些东西都扔了,再到你店铺里去,给我找件新外袍换上。"

那天晚上明月奴很晚才回到沙州城里的宅邸里,谁问话他都一句也不说,进到自己的屋子倒头便睡。冉枝看出来有不对劲的地方,但也没有多问。就这样他睡得很熟、很深,做了一个梦,梦见了疏勒河,像许许多多其他河一样。梦见他扔到河里的衣服正像一个人那样站在岸上,而他自己正漂在水里。这样漂着还是不够,他从那澄澈的激流往上看去,看到天空又开始开裂,但是开裂之后,露出的不再是那些丝绸、藤蔓、花蕊,而是灯光幽暗的一个洞穴,洞穴里有一个人影不停地在画着什么。他定睛一看,那人影不就是自己吗?而洞穴里的那个自己,正是在一笔一画地画着壁画上的自己。他拼命想要从壁画上挣脱出去,可是这壁画表面却又变成了河水，一浪接着一浪，把他拍到水下。他挣扎着往水面游去，一次，两次都被拍进水中，到了第三次，他终于从那条河里露出了脑袋。可没想到的是，他凭空又掉进了另一个地方，定睛一看，竟然是白天神爱杀死贺兰泽的那个小巷。在梦里，他重复着白天的事情，只不过在这里，没有神爱抓着他的手，是他自己拿着匕首杀人的。被杀的人抬头看了看他，可那张脸，并不是贺兰泽那张和三哥酷似的脸，而就是三哥的脸。三哥的喉咙下面挂着一道血的瀑布。三哥也并没有像贺兰泽那样无声无息地倒下去，而是直接把手伸进他的衣领，把母亲留给他的玉佩一把揪了出来。

明月奴尖叫着惊醒了。原来冉枝并不是在扯着玉佩，而只是推了推他的肩膀，让他醒来。

冉枝今日仍然着装绮丽，神态严整。

明月奴终于扑到冉枝臂弯里放声大哭。

冉枝早见到了院里站着的红衣女子，又瞧见他一直挂在腰带上的匕首了无踪影。这事情也猜了个七七八八。昨天明月奴突然提出要买一个人回来，没想到竟然真的发生这样凶险的事。

"真的闹出人命了？"冉枝凑到他耳边问。

"不是我做的，不是我，是安延那。"

"那有什么好怕的？"

"死的是节度副使贺兰嗣成的儿子贺兰泽。"

冉枝原先稳稳当当在胸中悬挂的心，一下子落了百尺。

"是他也没什么好怕的。"他转过身却对明月奴风轻云淡地说。

明月奴趴在冉枝的袖子上，继续抽噎着。

"给我住了。仔细给师父听见，事情闹大。"

明月奴竟很顺从地抬起脸来，并不再哭了。

"你说起作画的时候，倒是凌厉得很，说得都让人害怕。这真遇到难办的事情，怎的心里反而一点藏不住了？"

明月奴眨动着眼睛。

"明月儿，你看着我。"冉枝推了推他，"你什么也不用想。只要不是你杀的人，就一点事情也没有。你想想你的画来。你只需要画好你的画，为了李大宾，为了我，为了你，把它画好，其他你什么都不用想。明白吗？"

"画不来了……"

"怎的可能画不来？你自己是怎么说的？'我从一生下来，就是要当画师的。'何来画不来了的道理？"

"我不应该非要带她回来的。"

"说这个管用吗？既然她来了，就善待她。让她随你去千佛洞，就现在，泥塑匠们已经将洞窟塑好了。"

大青马蹄声嗒嗒，敲着石头地，敲着泥地。它两只分开的眼睛两边，面孔掠过，景物更换。

大青马的脖颈上出了一层细细的汗珠，当走过粟特胡聚族而通市的一个路口，它突然不住地嘶叫起来。

明月奴知道大青马为什么会突然这么鸣叫。

他们正走过原先神爱的骆驼队装卸货物，摆摊售卖香料、饰品和其他东西的地方，这地方一个人都没有，连搭起铺位的木头支架都不见了。他不愿相信，可事实就是，神爱一夜之间消失了，连同他的骆驼、货品、姬妾,全部消失得无影无踪。

红衣女子不知道什么时候把双手环在他的腰上,他觉得有点发昏,甚至觉得有点恶心,又想起来前一天痴儿子递给他的那根满是杏花的树枝,那树枝现在不见了,取而代之的是这个窈窕的哑巴少女,他心里感到很是耻辱。

他们来到李大宾委托兴建的那个石窟。这个石窟很小,沿着石窟外面凌空搭起的木梯,连登二十余级,稍稍弯腰才能进到窟里。

"你能听见我的话吗?"

红衣女子点了点头。

"你叫什么名字? 哑巴也应该有名字吧。"

她只是笑,好像在说,我的名字你还不知道?

明月奴蹙起眉头。

"你不会是真的叫作绿水吧?"

红衣女子点了点头。

明月奴惊惧地退了一步。

"你真是贺兰使君府上的舞伎?"

红衣女子缓慢地,又一次点了点头,然后露出了一个嘲讽的表情。

原来贺兰泽并没有说假话。

原来贺兰泽真是白死了。

不过,也是贺兰泽先动的手,不过,是为了什么呢?

他怎么也想不到为什么贺兰泽会突然对他起了杀意。

明月奴一时竟不知做什么好,只是颓然地倚着石壁慢慢滑下去,盘腿坐着,直朝她望。

绿水看起来仍然美丽而古怪。仿佛她在这里,在这个下午的石窟里,是最大的错误也是最大的正确。石头的穹顶,被黄泥糊平又被白粉刷成的四壁,似乎被笼罩在某种惊讶当中,因为她而变得生动起来。岩石和泥塑跃跃欲试,深知自己将要改变形状。

而她还仅仅只是站在那里。

这本该完全是他的地方,被她用某种不知名的方式夺走了。

明月奴垂下眼帘,不去正视好像环绕着她的不属于人世的光晕,把手中拿着的衣物、头冠、璎珞,塞到她面前。

"你……把这些……换上。"

绿水接过衣服,却毫无动作。

"我不会回头看的。"明月奴背过身去,面朝石窟外面喧嚣的日光。

不知道过了多久,身后传来幽暗的、衣物摩擦的簌簌声响,像动物在林中行走,擦过树梢的声音,夜晚的声音。

这声音推着明月奴缓慢而痛苦地回过头去:

绿水背对着他站着,正午之后斜斜的暖意十足的阳光,如同水一般从她光裸的后背上流泻下来,即刻变成银子一样冷冽的东西。她面向石窟的角落,从明月奴的角度看过去几乎是一个朝拜的姿势,像一尊泥塑小像。她的肩头朴素而出奇圆润,细小的茸毛在其上闪光,明月奴发现那是世界上唯一真实的事物,永远不会变成其他人变成的那种偶人、木刻或者彩纸扎出的小人。

在如此明亮的特质映照下,他几乎觉得自己的视线是阴郁而沉重的,十分可鄙。

想到这里他匆忙转过头去。

等到他再转过身来,绿水已经站在石窟的中心了。

"为我跳一支舞吧!"他几乎都没有意识到,自己的声音里带上了从未有过的恳求的声调。

绿水就突然地跳起舞来。

明月奴试图回想那座着火的宅院,从里面传来的受难者的叫声,比热浪更加灼热地扑打在脸上。他是怎么画出那个场景的?他没有画任何火中挣扎的人的躯体,而是画出了围绕在着火房屋四周那些人脸上惊愕和恐惧的表情,屋檐上跳动的宝蓝色火苗,像许多只眼睛冷漠地注视着他们。

可是他又怎么能画出来绿水的舞蹈呢?

绿水身后的石窟,在明月奴眼睛的幻视中,像一张扁扁的草席一样倒了下来。

铃铛和金粉组成的世界,也随之轰然倒塌,灰飞烟灭。

唯一存在的只有自己的眼睛,自己的手,手上的羊毫笔和面前散落的一些颜料。

颜色开始具有情绪,紧接着就有了观念,他手中生出的线条则开始预示征兆。而这些征兆无非指向生,或者死,或者是介于其中的等待。他用浅青色描绘绿水身上的丝绸裙摆,青蓝色起先是宁静的,后来却令人觉得嫉妒、诡异。明月奴甚至有了一丝厌恶的念头,而这念头一出现,在他眼中,那原先如同天人一般的少女,相貌竟然显出一分丑陋来,她顾盼的眼睛竟然变成怒目,光洁的下巴也变成蓝色,蓝得几乎要生出胡须。明月奴慌忙用鹅黄色去绘制伎乐天头顶灿烂的、抖动的头冠,以制衡那阴郁的蓝色,而当鹅黄色的欢快还没变成怯懦之前,他用黑色点出了伎乐天的眼睛,那也是绿水的眼睛,它们无畏无惧,深不见底,无动于衷。

可无论是情绪、观念还是征兆,都在它们即将触及那"不该在人间存在又偏偏存在"的东西时,戛然而止了:

明月奴试图用红色涂抹伎乐天的嘴唇,他需要一种令人心柔和下来的红色,可是他根本就做不到这个。深郁的红色让他想起血,架子上被屠宰的牛羊滴滴答答的血和贺兰泽嘴里咕嘟咕嘟冒出的血;而浅淡的红色让他想到那些石榴花瓣一样丰厚的裙子下面的东西和贺兰泽看向绿水那种狎昵的眼神。他试图调出那种颜色,可是无论如何,都是白费功夫。

废弃的画稿堆积起来:有些画线条粗粝,有些一挥而就,乍看起来精确无比,可如果仔细端详,的确又像是少了点什么。从天光稍明的时候,到石窟里彻底暗下来,他一直画个不停。而晚上他不断地做梦,有时好像有一块烧红的烙铁摁在他胸口灼烧着一样,有时则像是在冰冷的河水里漂流,河底升上来一只铁手把他整个人越攥越紧,几乎要捏碎了。而他往往都是在被捏碎的那一瞬间醒过来。

一连好几个白天,明月奴站在石窟外面的木梯上,能看到府衙的兵马来回驱驰,铁器叮当,他觉得胃里一阵发冷。他们为什么会这样跑来跑去?是不是搜捕什么?他们抓到了什么人了?那个人会是安延那吗?

如果抓到安延那,自己就可以放心了吧?

可他又不希望安延那被官府抓住。

他曾经是有多想成为安延那那样的人呢?他并没有像他以为的那样喜欢安延那,他甚至会暗自同意再枝对安延那的鄙夷。但是他对安延那的意志和野蛮,却的的确确充满了羡慕之情。

如果安延那被官府抓走处死了,这也不是什么要紧的事情。可他身上的意志和野蛮并不会就此消失。如果安延那死了,或者失踪了,这些东西一定会在这世上的另一个角落,找到另一个人,在他身上寄居下来。

假如这个人是别的什么小商人,或者同样无足轻重的人物,那倒也没什么要紧的。可是如果哪一位使君或者驻军的校尉们变得如神爱那样行为诡谲,不受拘束,也许沙州城是将会被毁掉了吧?

假如变成神爱那样的,不是别的任何人,而是自己呢?

想到这里他几乎就要披上衣服,立刻去投案了。

再等一会儿,再等一会儿,等到他把那所谓的"人间少有的美"抓住了之后,他必定会去府衙投案的。有多少次他躺在石窟中的毡毛毯上,或者沙州城内宅邸舒适软和的被褥上,以一种自怜的苦涩温情,想象着自己的死,想着自己会在众人面前担下本不属于自己的罪责。他会去沙州府衙,告诉贺兰副使,就是我杀死了你的儿子。虽然事实并不是这样。

但也没有什么更好的选择了。事情的计划悄悄在他心里定了下来。等到他能把绿水那非人间的仪态画下来,就这么去办好了。

他想着三哥知道了也许会难过。

师父一定会哭的。

也许绿水也会落泪,而绿水的这一哭泣,立刻把她自己毁了。她哭起来的话,会变得很像人,而平时她绝不可能像一个人。

他想着自己平躺在刑场的木砧上,活像躺在猎户案板上的兔子,眼睛直视天空,然后天空真的像他在李大宾的开窟大典时看见的那样又开始碎裂。他幻想着,在刽子手手起刀落的同一时刻,整个靛蓝的天空就像一个大瓷瓶一样破裂,碎片扎进看客的脸庞。

他平躺着,咀嚼着他熟知的人的名字。杨武龄,师父是褐色,是陶罐一样,是泥土一样苍老温厚的颜色;冉枝是翠绿色,春天野地的颜色,是新酿酒的颜色。明月奴,明月奴,明月奴,他是谁?他谁也不是,随着他无声的重复,名字从他身上退去,像水从河岸上退去。他念他的名字,汉文的,龟兹文的,因为他的名字没有颜色,就像晴朗的夜里,月光也没有颜色。但是这些走夜路的人少不了他,光明不来自他,只是直直从他之中穿过,而变得更加明亮。

在月光下,野兽互相追逐,在呼朋引伴,云聚麇集。他感觉到自己身上仿佛也长出兽类似的皮毛来,这皮毛覆盖他,遮掩他,保护他。在消除他作为人的身份的时候,也消除了他对死的痴迷,然后他就渐渐睡着了。

月光王

　　明月奴双手捂脸,向后仰着,靠在白色泥浆已经干透了的墙壁上。如果不仔细看,不会发现有亮晶晶的东西,从他的指缝里渗出来。

　　绿水坐在他旁边,嘴角微微上翘,似笑非笑地听他自言自语。

　　"我害怕他们找到那匕首。虽然说这个夏天一过,他们就永远不会发现它了,没有物证,谁的罪也不能定,可是一旦找到了匕首……我怕他们会冤枉三哥。

　　"你说我该怎么办呢?

　　"如果他们真的找到了匕首,我就跟他们说,人是我杀的,和三哥一点关系都没有。"

　　绿水摇了摇头。

　　"只能这样了。到时候你一定要帮我。"

　　绿水露出了恐惧的神色。

　　"你不要害怕,也许不至于这样的。我也只是想想。疏勒河那地方荒得很,根本不会有人去。"明月奴像是在宽慰自己似的一遍一遍说着,"而且,只要一场雨,下场雨就可以,河水一涨,什么东西都找不到了。"

绿水似乎并没有在听,她只是偏着头,望着什么,突然抬起手,指着墙上的一个地方。

如果顺着她的视线望过去,能看见,有只蜻蜓停在壁画上天人的指尖上,而她的指尖正和天人的指尖碰在一起。蜻蜓的眼睛流光溢彩,明月奴望向绿水的眼睛,绿水的眼睛很像蜻蜓的眼睛,它们似乎都是不会躲闪、不会转动的。

"嘿,咱们不说这些了。你随我到集市上去,游逛游逛如何?"明月奴站起身朝她伸出手来。

索阿乙又在集市上见到明月奴的时候,街上正在演戏。这出演的是月光王本生故事。街头搭起一个简陋的棚子遮阳,挂上几绺彩色流苏,就当是故事里伽尸国的王宫了。周遭沙州小民木然地看那台上演这种惨烈故事,时不时还能听见有人呵呵一笑。

明月奴和绿水并排混在人群中,明月奴目光失神,直定定地望着那棚子上系着的彩色流苏。

这家伙怕是遇到什么事了吧。索阿乙想着,却也不过去,只是远远在人群后面望。

百戏子们头戴面具,咿咿呀呀地唱着。白色是乐善好施的月光王,蓝色是月光王的大臣,而台下红色愤怒相的则是好妒的劳度叉婆罗门。

扮劳度叉的百戏子高声唱念："我在遐方。闻王功德。一切布施。不逆人意。故涉远来。欲有所得。"

月光王这时就走上台来，问婆罗门究竟需要他布施什么。

"婆罗门这是要向王索要他的头吧？嘿嘿，嘿嘿。"明月奴听见身边传来窃窃私语。

他远远地端详着那个演月光王的百戏子，看身量不过是个十四五岁的阿郎，扮夫人、王子、臣属的那十来个人，正把月光王团团围住，掩面哭泣。

戏台旁边一个胡子拉碴的老头，张着满口烂牙的嘴，满口喷着臭气，敲了敲明月奴的肩膀："哎，阿郎，他这是要做什么呀？"

明月奴抬眼一看，幻视里只见一具半腐烂的骷髅在跟他讲话，吓得往后躲了躲："谁？"

"蓝面具的那个大臣。"

"他要造五百个宝石头颅，好替换给婆罗门当供奉，这样婆罗门就不会去要月光王的脑袋了。"

"哦。"

果不其然，台上大臣双膝跪地，把金光灿灿的宝石头颅献到婆罗门面前。

婆罗门摇了摇头，继续扯起嗓子唱起来，好像羊叫："我不用此。欲得王头。合我所志。"

蓝色面具的大臣听到这句话，悲呼一声，倒在了戏台上。

明月奴心烦意乱，旁边那老头却仍扯着他问："这一段又是什么意思？阿郎给我讲讲吧。"

"唉，大臣不忍见王用性命来布施，不忍见婆罗门去砍王的脑袋,心肺碎裂,倒地而死。"

"好可怜的大臣啊,好可怜的月光王。唉,阿郎不认识我吗?怎的这么没好气?"老头子抬起手来,在画师眼前晃了一晃。

"你是谁?"

"我是符咒师,我帮你治过眼睛。我们当时说好的呢?"老头子笑眯眯地点了点。

"我什么都没说过。"

"你说了,你说要能看见,不光是看见事情,还要看见实相,你说拿什么换都可以。有人叫我来取你拿来换的东西了。"

话音未落,夫人、王子、臣属们,一起发出尖厉的哭叫声。

明月奴转头朝台上看,再回过头的时候,方才站在身边的老人已经隐没入人群中不见了。

突然,台上劳度叉婆罗门手中那用檀香木雕成的"月光王的头颅"脱了手,骨碌骨碌地顺着戏台,滚下去,滚下去,最后,咚的一声,正好落到站在第一排看戏的绿水的手里。

绿水像个动物一样歪起头,闻了闻那个檀香木头颅,上面还有涂上去的新鲜的红色浆果汁液,百戏子们用它假装断颈处流出来的血。她并没有把它交还给台上的人,而是转过身去,捧起它,舔了舔那些浆果的汁液,然后两手把它端到胸前。木头头颅的眼睛直盯着明月奴的方向,她襦裙的腰带飘飘忽忽地被风吹起来,就像是她长了四只手臂一样。

明月奴并没有瞧见这一幕。因为索阿乙从他身后扯住了他。

"明月阿郎,你带来的那小娘子,我还真是见过。"索阿乙压低声音。

"有什么话就直说吧。什么事情?"

"是你心里有事。"

"没有。"

"你蒙不了我。"

"瞎说。"

"我知道,整天跟你混在一起的那个,有钱的胡人,安延那,前几天突然就不见了。节度副使儿子的命案,他做的吧?"

"你想要我说什么?"明月奴转过身来面对着他。

"我没想要你说什么,是我有话对你说。那个小娘子,不管她是从哪来的,不管她跟这件事情有没有关系,丢掉她,离得越远越好。"

"关你什么事?"

"红颜祸水有没有听说过?"

"这种鬼话你都信?"明月奴甩开袖子就要走。

"我是个粗人,不知道怎么说话,或者这么说吧,你看她是个漂亮的小娘子,可是,如果她连人都不是呢?"

"哦,这样,这样。"明月奴不耐烦了,反唇相讥道,"我早就觉得她连人都不是,所以才没有丢掉她的。"

"你不要命啦。"索阿乙哧哧地在他身后追赶,扳过他的脖子,对他耳语道,"你没有注意到,在太阳底下,她连影子都没有吗?那种东西,我亲眼见过。我自家娘子是于阗人,于阗那边打仗之前,街上到处都是这样的东西,变成小娘子,到处跳舞,蹲在屋顶上吹笛子,但是不会讲话。"

明月奴嗤笑了一声。

"你不信?后来打起仗来了,于阗城也烧了,这些东西就长出翅膀来,还有鸟嘴和狮爪子,专门捡死人身上的金子。"

"于阗人编这种故事还少吗?你家娘子信奉的神明、龙女,样子倒奇怪吧,也是于阗人自己编出来的。"

"我骗你干什么?!"

明月奴并没有理会他,只是径自从人群中寻到绿水,骑上大青马,又出城往千佛洞去了。

身后传来雨点一样的声音,是观剧的众人把铜板扔向鼓面发出的。

绿水和他同骑一匹马,这时太阳已经偏西,明月奴朝地上看了看,可以看见轻飘飘的纱罗投下影子在地上飘动,但是那只是衣服的影子,不是绿水的影子。谁知道呢?也许她有影子,也许她真的没有。

晚上,明月奴画了一张画,正是今日在街头观剧的一幕,劳度叉婆罗门手捧着月光王的脑袋。但是低头一看,婆罗门和月光王的面孔,都被画成了自己的模样,吓得他连画卷、毛笔都一同脱了手。

绿水捧着灯台,面无表情地盯着他。明月奴抬起头来,不知道是头晕眼花还是什么的,看到在灯火的映照下,绿水似乎没有一点影子。

"绿水,你到底是什么啊?"明月奴十分困惑。

绿水抬起手,指了指明月奴。

"你是我?"

绿水又指了指背后伎乐天的线稿。

"你说,你是天人?"

绿水偏过脑袋,不以为意。

明月奴突然一把抓住绿水的手,说道:

"这次贺兰使君死了儿子,如果证物被发现,你一定要为我做证,指认我才是杀了贺兰泽的人,匕首的主人和这件事一点关系都没有。

"你我都在,在巷子里,我是见色起意,拿着从宛河县公那里偷来的匕首,杀了贺兰泽,威胁你跟我走,威胁你什么都不许说,否则也是一样的下场。"

绿水点了点头。

"证词记住了吗?如果到时候,有人叫你写,就按照我教你的写。"

绿水朝他诡秘地一笑,又点了点头。

明月奴钻出石窟,朝天上望去,看见了天顶上无数蓝色的、绿色的火轮般旋转的星星。夜空晴朗,明天太阳肯定还会大得很,还没有一点要下雨的意思。

快下雨吧,快点下雨吧。雨一开始下,一切就会好起来的。他想。

绿水在石窟里,转过身去抚摸墙壁上那和她酷似的伎乐天的手臂。

时间过得多么缓慢啊,这仍然是大历十二年(777),仅仅只有春天过去了,虽然明月奴暗地里希望这已经是五年后,三年后,再不济让夏天快点来吧。大街小巷里依稀还传说着各种使君公子遇刺的闲谈。但令人意外的是,贺兰泽死后,竟然没有请仵作查验尸首,据说是他母亲崔氏夫人见不得别人对他的遗体检查。总之,如果贺兰泽没有喜欢过这样一个沽酒姑娘的话,他也许就会像一条野狗这么无声无息地死去。可是偏偏在春天快要结束的时候,这个曾经被贺兰泽喜欢,后来又被抛弃的庶民女子生下了贺兰泽的私生子。一个傍晚,步履匆匆的她正准备去疏勒河的苇丛里淹死这个杂种。那孩子刚出生并没有多久,放在竹篮里,细小的手指时不时弯曲一下,这就是他还活着的为数不多的证据。

她双手拨开一人高的芦苇,疏勒河在她双手拨开的地方咕嘟咕嘟地翻卷着泥浆和波浪,令她觉得恐怖。她发现苇丛里竟然有一处亮光,在夕阳余晖的照射下一闪一闪,拨开一看,竟是一枚小小的铜镜。她奇怪:这里怎么会有这样一枚铜镜呢?她觉得这铜镜看起来非常眼熟。凑近一看,她明白了,这不就是当日她挂上五彩丝线,送给贺兰泽的那枚铜镜吗?

那么,这些东西和贺兰泽的死有关,算是确定无疑了。

于是她把竹篮和孩子摆到一边,捡起一根芦苇枝条,去拨动那些在泥浆里纠结在一起的东西。

有一堆没烧尽的衣服,已经看不清到底是些什么布料了,布料中间一片明晃晃的东西在闪烁,远远望去似乎是刀刃的形状。

情郎的惨死让她仿佛想起了什么,想去挽救什么,她决定了。

她跑向那个本来她要悄无声息杀死的小孩子,可是一个浪头就当着她的面,卷走了那个竹篮,等到她终于跑到岸边,装着孩子的竹篮早就慢慢地向河心漂去,最终不见了,水面上连个气泡都没有留下。

沽酒少女定在那里一动不动,也不知道多久,也不知道都想了些什么,也不知道哭了没有,只是次日就把发现匕首的事情报给了官府。

浩浩荡荡的人马拥进了芦苇荡,锃亮的匕首,被从疏勒河边的淤泥里挖了出来。

沙州城里并没有很多宗室子,这件事很快就查到了李冉枝的头上。或者说,根本不用查,冉枝的名字和封号正明明白白地刻在匕首的刀背上呢。

次日,太阳还未到半空,冉枝正要出门,却被一群府衙的人在门口挡了下来。

"县公留步。"

冉枝见到这等人来,自知没什么好事。再回想到先前明月奴告诉过他的事,心里也就了然了。

"贺兰使君之令,使君公子被害一事,使君有一些问题想请教县公,还请县公不要离开府邸,就在此地等候使君。"

"我很奇怪,使君公子遇害和我毫无关系,何来请教之说?

"我是大唐汝阳王之后,我父乃是淮安郡公,唐律八议有云,议亲议贵,长官犯死罪,尚且要奏报,申上听裁,何况宗室? 郎君待我如此无礼,这是什么意思呢?"

那领头的兵士,也无非是沙州郡县里的庶人子弟,言语举止上,从没见过这等公侯贵胄的阵仗,不觉也低眉顺目了起来,低下身来行礼:"冲撞县公了。我们怎敢诬蔑县公呢?只是想让县公在此等候,让使君自来探访您好了。"

冉枝心里已一清二楚,就转身唤人关上了大门。

明月奴牵着绿水,弯腰走出了狭小的石窟,也顺手关上了两扇临时挡住石窟的木门。

二人回沙州的半路上,那平日里从来看明月奴不顺眼的画师董兴,朝他飞跑过来,甩下晴天霹雳般的一声:

"使君派人把你们家围起来了!"

明月奴决定在贺兰使君回官邸的路上拦住他。

远远地,就看到贺兰嗣成和周鼎二人骑马过来,两匹马都是高大而乌黑的良马。可是贺兰使君却一点伤心的样子都没有,正和周使君谈笑自若。

两人在岔道口分开,四名仆役在前方开道,贺兰副使朝明月奴的方向走过来了。

沙州城里人人都以为,贺兰泽的死能让贺兰嗣成大发雷霆,不抓上十来个替罪的,根本不会收手。可谁能想到儿子的死,竟然没有给这个风度翩翩的节度副使大人带来一点波澜呢?

明月奴心生疑惑。

贺兰嗣成究竟是怎样的一个人啊?

明月奴拦在了贺兰嗣成的骏马前,喊着:"求见使君,求见使君。"

出乎意料地,贺兰副使竟然驱散了跟随的仪仗、仆役,勒住了马,朝他点了点头。

"阿郎好胆气。"贺兰使君眼睛都没有抬一下,就猜到了来者是因为什么而来。

这是一个温和、消瘦的中年男人。从面相上来看,完全不是一个有意志力的人。很难让人把这样一种面相和掌管陇西重镇的节度副使联系起来。

"你是为了宛河县公李冉枝的事情来的吧?"

"正是。"

"你有什么要说的呢?"

"杀死贺兰泽的并不是李三郎,是我,在场的有一个安国人,他叫作安延那,这人附了沙州籍贯,使君要是真心去查,一定能查到他,他可以为我做证。"

"是吗?"贺兰使君翻身下马,歪过头来看着明月奴,他古怪地笑起来,神经质地搓着手指。

"是的。我恳求使君,一定彻查,是我杀了你的儿子。"

"你不必再说了。"贺兰使君继续古怪地笑着,摆摆手,"我见过想要脱罪的人数不胜数,像你这样来顶罪的,倒是少之又少。"

"使君!"

"你那位宛河县公犯了罪,这物证已经齐全得十之八九。你和他来往过密,我不罚你和你师父做劳役,因为一来这事本来就和你们无关,二来你们也算是李府君的朋友,但是资财、宅邸一律收归官府。沙州城被围,军费紧张,你们就当作是为大唐效力,为沙州效力吧。"

"使君说笑吧?"

"李府君的佛窟可以缓缓再建,你先替我和周使君,也是替沙州黎民百姓,画一个祈福窟。战祸殃及沙州,民心必乱,兴建佛窟,一来可以安抚沙州人,二来算是你们表明心意,和宛河县公撇清关系,我也好让那些官吏不为难你。如果画得好,可以再把没收的财产还给你们。"贺兰使君两只手臂撑着,凑近明月奴仔细打量,突然扭过头去,"我非你认为的那种狗官,只是大敌当前,朝廷的军费、补给早就被吐蕃切断,沙州大族、富户又早早想着跑路,一心要逃避赋税。如果在这个时候,非要筹得军费以御贼人,保百姓万全,是你的话又会怎么做?"

"你要筹军费,我可以给你,与我三哥何干?你若想要,莫说要我一个人的资财,就算是要我和师父的全部身家,我都可以全数奉上。使君若想建佛窟筹款,莫说一个,十个我也能帮你画得。可使君若是想借此发挥,要害别的人,我不答应。"

"阿郎果真还是少年心气,说话难道心头不过一下?你不答应算得了什么?"

"敢问使君,现在是丧子的父亲在说话,还是大唐的节度副使在说话?"

"定然不是贺兰泽的父亲。"贺兰使君那几乎和明月奴同样秀丽的面庞微微地扭曲了起来,"不过你说的那位宛河县公,罪证确凿。我夫人失子,悲痛欲绝,我从无藐视皇室之意,但是也不能置大唐律法于不顾吧?"

"我不知宛河县公和使君有何过节,就算是真的有什么过节,也不能落井下石,随意诬陷。我一个夷狄之人,尚能明义理,使君谋害宗室,不怕天家降罪吗?"

明月奴站起身来,凑到贺兰嗣成耳边低声说道。却万万没料到,竟激起贺兰嗣成一阵大笑。

"你往哪里去告我? 往周使君那里告我,还是往长安告我? 周使君是我至交好友,长安,到长安的路现在都不通了。

"我本没必要跟你说这个,但是见你是个聪明阿郎,我不妨告诉你一点:他父亲淮安郡公,曾经为了一己之私,害得我可以说是万劫不复了。"

明月奴突然想起李大宾在宴饮上说过的那第三个故事。

那个故事中被郡公欺骗得要去投河的没落世家的公子,难道就是面前的这位贺兰使君吗?

"淮安郡公害了你,想必你也没有放过他。那和我三哥何干? 我三哥何时对不住你过?"

"宛河县公能出生,能袭他父亲的爵位,能活到现在,都是对不起我。如果不是淮安郡公,我的故人们现在可能还活着。"

呵,看来那位和冉枝的家族有过节的公子,的确就是眼前这位使君大人无误了。

"使君! 你何曾认识过宛河县公? 你二十年来都居于长安,只是近来才调任沙州,而他自小生活在沙州,和你无甚交情。他何曾有对不起你的时候?"

贺兰使君半天没有应答,良久才抬起眼睛,慢慢地道来:

"我的儿子是因为他才死掉的。"

明月奴上前一步:"难道凶器上写着谁的名字,凶手就一定是谁吗?"

"御赐给宗室子的匕首,除了宗室子自己,谁又能拿到呢?"

"比如我就可以。使君,我就可以拿到这把匕首,我可以偷来。"

贺兰使君扯了一个微笑出来,很和善地望着他:"你可以这么说,只是到时候集议的时候,谁又会相信呢?"

"使君!我斗胆问使君,若是我人证、物证俱全,证明得了宛河县公并没有杀贺兰泽,能不能反议使君一个构陷之罪?"

贺兰嗣成看了看四周,无心和他理论,只是提高了声音说道:"你要证明贺兰泽不是他杀的,月末当庭呈供便是,一切按大唐律处理。阿郎还是请先回自己府上吧。阿郎若是执意要和我对质,我也不吝让人去按连坐查办你们。"

贺兰副使回到官邸里。他回忆起今天在路上拦住他的那个年轻人的面孔。他觉得那年轻人的名字很有意思,而面孔看起来也有点像一个什么人,但是那几乎是不可能的,他很快就把这件事抛在了脑后。因缘流转,业报清算,淮安郡公当时对他做出那等事情,而今淮安郡公的儿子落到自己手里,几乎是天意如此。

贺兰副使想到这里哼起了小调,又恍惚想起,自己以前在长安,哼着这小调回家的时候,又是何种心境呢?想着想着,那种忧郁而心不在焉的神情,又开始浮现在他的脸上。

崔氏像往常一样端坐在珠帘翠幕的屏风后面,见到贺兰副使过来,屏退了左右侍奉的侍女。贺兰副使望了望她苍白、疲倦的脸色,心情不由得愉快又酸楚,竟然想谈一谈很久以前发生的事情。

"你说说看吧,他是谁?"

"你什么意思?"崔氏冷淡地瞥了他一眼。

"我的意思是,现在他已经离世了,可以告诉我他究竟是谁的孩子了吧?对夫人来说,说出他的来历,心里也会好受一点。"

"你会不知道?"

"我怎么会知道呢?我什么都不知道啊。"

"清平郡王你该知道吧?"

"清平郡王?淮安郡公的哥哥吗?"贺兰副使故意做出思索的神情,不紧不慢地说,"你父亲一开始是要把你嫁给淮安郡公,后来他不愿意,所以他就出主意,让你嫁给我,对不对?"

"泽儿已经往生,就算是业报,也够还掉丹伽罗的性命了。陈年往事,何须再提?我父兄为你所做的,也该抵得上你那所谓毕生抱憾的事情吧?"

"哈哈,好一个业报,业报。当时你发现丹伽罗的时候,怎么不想到业报呢?你但凡不和你父亲提起她,她又怎会在回龟兹的路上不明不白地死掉?你父亲是当朝大员,可连一个小女子都不放过。我虽和你没有情义,可是却也不曾恶待你,为什么你们要如此行事,如此对我?"

"我并没有让我父亲去杀死丹伽罗,我只是告诉了我父亲她在你的别院里。丹伽罗是自己离开的,和我又有什么关系?"

"你说不是就不是吧。这件事情究竟是什么样子,除了你大概

135

也没人知道了。"贺兰嗣成走到香炉旁边,燃起香来,沉香木郁郁的烟气,开始在空中旋转缠绕。贺兰嗣成抬手在鼻子前方摇了摇。

"我还得告诉你件事情,夫人,"贺兰副使摆出了一个惋惜的表情,"泽儿正是被宛河县公李冉枝杀死的。这真是令人痛心啊。还有,你也许不知道宛河县公是谁吧? 他是淮安郡公的儿子。"

贺兰副使眼睛瞥到崔氏焦灼不安的样子,心里虽不能说没有快意,但是说没有丝毫不忍,也是不可能的。

"没错的。如果泽儿真的是你和清平郡王的儿子,那么他和李冉枝还是堂兄弟呢。谁知道为什么事情自相残杀起来。"

崔氏夫人的眼泪终于扑簌簌地砸下来:"使君! 我见过那位宛河县公,他绝不可能杀人的,让你不得已而娶我的是他父亲淮安郡公,不要因这些私怨连累到宛河县公。"

"别哭了,夫人,别哭了。既然你说,泽儿意外身亡,是还了丹伽罗因你、因郡公而死的业报,"贺兰副使慢慢蹲下来,轻柔地擦掉崔氏脸上的泪水,"就用李家儿子的性命,还我儿子的性命吧。"

"罪过……都是我的罪过。使君,莫去陷害旁人。清平郡王和泽儿已经不在了,你也放过宛河县公吧,不要为了泽儿去害他。"

贺兰副使轻笑了起来:"不,不是你的罪过,你何罪之有? 我也没说,我这是要为了泽儿害人。设计把你嫁给我的是淮安郡公,是他的罪过。不过他儿子很快就会帮他还清了。"

明月奴飞扑到杨武龄宅邸门口的那群府衙兵士中,大喊大叫:
"我杀人啦! 杀人的是我!"

门口站着的兵士们听见这等狂言,二话不说把他摁在了台阶上。带头的兵士还朝着他胸口飞去一脚。

"你们这些军汉、田舍郎,娘老子的,放了宛河县公!我才是你们要抓的人!"

兵士心里正胡乱烦躁着,哪里容得他这样叫骂?一个兵士戴着腕甲的左手往明月奴脸上就是一拳。兵士见他没了反应,就拖着,扔包袱似的,朝宅子门槛里甩过去,一同看守起来,好不痛快。

"三哥,师父,你们很快就可以出去了。会很快,非常快。"

明月奴捂着被兵士打出血的嘴巴,闷声闷气喊着话,一瘸一拐走到宅子里。

玄关后面空无一人,师父、三哥和绿水都聚在院子里小小的水塘旁边。这景象看起来竟然有点好笑。

"只有你当时还在外面,跟我们说说,这是什么情况?"杨武龄活过安史之乱,从洛阳逃到甘州,后来又逃到沙州,对这等杀人构陷的事情,尚还镇定。可一见到明月奴脸上手上的血迹,却慌了神,忙唤人去取药。

"情况不好办。"明月奴说,"贺兰副使铁了心要为难三哥,说是三哥的父亲曾经害死过他的什么故人,威胁我们要是再掺和,就连我们一起解决了。"

"绿水,过来,到这边来。"明月奴牵着绿水的手,好像牵着她去看蜻蜓,把她牵到冉枝面前,"你见过他的,这是宛河县公,他叫李冉枝,从小和我一起长大,就像我的哥哥一样。"

绿水见是皇室中人,就低低地行了一个礼。

"当时贺兰泽死时,你我都在场,对吧?"

绿水拼命摇起头来。

"绿水,不要哭了。"明月奴轻声细语,"你一定要帮我,把你看到的一切说出来。你说不了话,就写下来,不会写字,就画,能画多少是多少。"

绿水抬起脸,果然,因为她哭的缘故,这已经完全是一个少女而非神灵的脸了。

"看蜻蜓的那天,我跟你都说过的,就按我教你的那样说,明白了吗? 到时候就这么说。"

绿水用两只袖子挡住眼睛。

"记住了吗?"明月奴抓住那两只袖子,一左一右地把她捂住脸的手拽下来,直视着她的眼睛。

明月奴朝着绿水慢慢地跪下:"小娘子,拜托了。"

又朝着杨武龄拜了一拜:"师父,如果有最坏的情况发生,就一定照我说的做吧。我手上有证据,可以证明人根本不是三哥杀的。"

杨武龄慢慢地、艰难地点了点头。

冉枝在台阶上静静地看着他们,知道明月奴并没有把实情告诉杨武龄。他思忖了良久,往下走几步,拍了拍明月奴的肩膀,满不在意似的说:"不要在那里哭哭啼啼了,人根本就不是我们杀的,你既然有证据,事情多半不会到那一步,莫要轻举妄动。"

事情后来确实没有到那一步。这一天,府衙带来的人把冉枝、明月奴和绿水一齐领出了宅院。冉枝是宗室子,仍可以骑着马去府衙。明月奴由两个衙役看管着行在他旁边。绿水是奴婢,行在队伍的末尾。

"明月儿,"三哥跟他说话,"无论今天发生什么,你得画下去。"

"三哥莫跟我开玩笑。"明月奴垂着头,心里时不时飘过关于死后的世界的想法。

"那我换个说法,今天无论发生什么事情,你都把它想成这是为你给李府君画的那幅了不得的壁画准备的。"

"三哥啊,你莫再说了,我真的有些怕了。"

"人不是你杀的,凶器又不是你的,有什么好怕的? 贺兰嗣成是冲着我来的,你怕有什么用?"

"三哥啊……"明月奴张了张嘴,想说点什么,又终于没有说,他一路上再也没跟冉枝说话。

冉枝听见押送他们的衙役正小声交谈:

"这回可了不得! 可能要杀的是皇孙公子呢!"

"杀皇孙? 那是多大的事连皇孙都能杀了? 皇孙就是犯了死罪,也不过判个流放。他就是杀一百个使君的儿子,也不至于把自己搭进去啊。"

"你懂什么? 他把贺兰副使的儿郎给做掉了,皇孙又能怎样? 在这沙州地界,一百个皇帝才抵得上一个使君。"

审议是由沙州司法判司主理,州府长官贺兰嗣成监审。明月奴想集中精神去听他们都在说些什么,可是眼前飘来飘去的仍然是光怪陆离的对死后世界的猜测。

一会儿,绿水就会照他安排的那样,向司法判司指认他才是真正的凶手,两人只要供词一致,贺兰副使绝不会料想到还有一个人证,纵使他有再大的本事也没办法陷害三哥了。

当然,不久他就要去那个没有人去而复返的世界了。

那是个怎样的世界呢?会像那些佛教徒说的中阴界?人世的寻常痛苦被放大百倍,一片树叶落下,会发出山崩般的巨大声响?人们在各自意趣的引领下,再次转生?

还是像粟特来的袄教徒说的那样,善人到花园似的天上,恶人落进地狱受苦,而不善不恶的人则会停留在昏暗的、没有愉快也没有悲伤的地方,直到唯一的神明阿胡拉马兹达用火把一切焚烧殆尽?

又或者像汉人们说的那样变化不定,又自有秩序,有的可以羽化升仙,有的被人供奉成为神明,有的则可怜兮兮地被铁索缚着,被扔到沸油里、磨盘底下、刀山上面,为所做的每件事都付出代价?

唉,那我可是要受苦了。他想着想着,笑出声来,怎么也没办法说服自己相信,马上要面对的是他能想到的任何一个世界。

"人证何在?"

明月奴终于从幻觉里醒转过来:"我不是人证,我是凶犯。是我杀了贺兰泽。绿水在场,她就是人证。"

明月奴瞥见贺兰嗣成即刻变了脸色。

"小娘子,此人所言当真?你能指认当日杀贺兰泽的凶犯是谁吗?"

明月奴心里泛起一阵迷狂的,几乎是流光溢彩的喜悦,等着绿水的指尖指向他。

可是绿水袅袅婷婷地站起身,卷起她青色薄纱的袖子,指向了冉枝。

"你撒谎!"明月奴朝她冲过去,却被四面环伺的衙役们制住。

绿水故意做出惧怕的表情来。

贺兰使君万万没料到,被指证为凶犯的,并非那个杂胡小子,竟然正是宛河县公,就饶有兴味地看着这一出戏,示意主审官员把物证呈上来。

天家御赐的匕首,摆在火焰宝珠纹路的丝绒锦缎上,被两个衙役捧到了司法判司的面前。

"大人,我可以拿起它来看一看吗?"冉枝问道。

明月奴看见三哥拿起了匕首。

"没错,是我的匕首没错。但是我没有用它杀过任何人,直到现在都没有。"

接着明月奴就看见三哥抽出刀,直接扎到了自己胸口里。

他看见三哥倒了下去。

然后他看见了红色,衣襟上的红色,地上的红色,他突然发现这就是他要找的那种红色,他竟然很想走过去,拿起笔,蘸上这红色,再涂在石窟里伎乐天的嘴唇和裙摆上。

最后他听到一个声音,那种绢帛被撕裂的声音,比以往听到的任何一次都要恐怖。他抬起头来,看到府衙的屋顶消失了,天空张着一条黑漆漆的裂口,这裂口自南向北,横亘于沙州城上空,朝下落着兵器、宝石、带血的断手断脚,最后重重地落到他手上的是一个木雕头颅,百戏班子的道具。

"你的眼睛看见了,你准备拿什么换啊?"木头脑袋开口说话了。

木头脑袋闭着的眼睛微微睁开,和明月奴一样,一只眼睛是蓝色,一只是黑色。

　　明月奴醒过来已经是数日之后。

　　冉枝以死自证清白,这让贺兰嗣成和周鼎都十分被动。据说,许多沙州士子,甚至兵马使阎朝和其他武官都愤愤不平。节度副使对宗室的苛待,还有冉枝的死,让他们觉得这是沙州对长安、对大唐有异心的先兆。他们放出话来,要上书天家,尽管他们都知道,这时书信要抵达长安基本上是不可能的。

　　直到节度使周鼎主持用郡公葬仪来埋葬只有县公爵位的李冉枝,众怒才得以平息。

　　走过沙州的西城门,走过田野,走过荒地,走过沙州城外的那些古坟,石匠们抬着石人、石马,把它们成对安放在一人高的墓冢封土堆前面。

　　不久,风就会吹来一些草籽,墓冢会变得郁郁葱葱。

　　明月奴面色阴沉。

　　"你凭什么诬陷宛河县公?"

　　绿水仍然是似笑非笑的表情,一双眼睛无所畏惧地望着他。

　　"是你自己突然想起来这么做的,对吧?"

　　她点头。

　　"为什么要这么做?"

　　绿水伸出葱白的手指,一只手指指自己,一只手指指明月奴,然后把左右两只手握在一起。

　　她大概想说的是,想和明月奴在一起。

"你想让我活着？是这个意思吗？"

绿水重重地点了点头。

"所以你就说是三哥杀的人，是吧？"

绿水没有否认。

"那为什么让我活着，而不是让三哥活着？"

绿水指了指自己的心口。

第二日，明月奴连推带搡地把绿水从宅邸里拽到了大路边。

"明月儿！明月儿！可别做傻事啊，我们可再担不起人命官司了！"师父苍老的声音从院子里传出来。

"有什么大不了？杀一个婢女，关我一年了不得了！"

"明月儿！"杨武龄忙跟上前去，张开双臂挡在马前。

"哎，师父，我不杀她。"明月奴扯住马缰，看见杨武龄白发苍苍的脑袋，心生不忍，"我卖了她还不成吗?!"

明月奴想要卖掉绿水。

在这个时候，如果有人能来买走绿水就再好不过了。

于是我们就让一座小小的农舍凭空出现在明月奴出城的必经之路上。

我们看看这座房子吧：这是沙州城东城门外的一家农户，住着一个老母亲和残疾儿子，那儿子瘸了一条腿，以打铁为生。

绿水在面纱后面无声地哭泣着。明月奴把她推进了农舍的里屋，绿水一个踉跄跌倒在地上。

"你阿儿缺媳妇不？随便给点钱，这个哑巴就留在你家了。"

屋里的一摞干草上，坐着一个干瘪的老婆子，面无表情地纺着线。她的一只眼窝是干枯的，没有眼睛。她用仅剩的一只眼睛来来回回地打量着这个一只脚踩在自家门槛上的年轻人，终于转身从干草下面翻出一个布褡裢，掏出了三四个银角，双手捧着送到明月奴跟前。

"阿郎，今年歉收，我阿儿又没的好生意，免了我一点吧。"

"价钱少不得。这样吧，买她的契书，你就不用签了。"明月奴甩下一句话，就不作声，直盯着她。

老婆子被年轻人那一蓝一黑的怪异眼珠和凶狠神色吓得不轻，哆哆嗦嗦地又翻了两个银角出来。明月奴掂了两下，把它们揣进了钱袋里。

"你家儿郎没回来之前，把她看好了，最好绑住，别松开她。"

"为甚啊？"

"她厉害得很，能让人发起癫来，为她杀人。"

明月奴转身出去的时候，听到屋里打骂声、挣扎声及桌椅倒塌的声音，两道眼泪就直直地淌了下来。他并没有把它们擦掉，而是双手捂住脸，像是要把它们塞回去一样。农舍外面茫茫的田野里，一阵若即若离的歌声和鼓声，把他围在中间。

哦，这时已是初夏，农户们又开始赛葡萄神。

白日里，四里八乡请来音声人，一时间，琵琶、羯鼓、筚篥参差作响，音符摇曳在微风间，吹弹可破。里正家的小儿子，一个十三四岁、相貌阴柔的小阿郎被扮作葡萄神的样子，一身粉绿衣衫，在神轿上摆出一副骄矜面孔，耳朵下悬着一粒莹绿的宝石。

而到了傍晚，葡萄园周围的田垄上点了篝火。往年酿的葡萄酒被抬出来，酒缸的盖子一掀开，那种香气就如同挣脱围猎的雄鹿一般,没命地奔了出来,它推倒院墙,砸穿窗户,摧枯拉朽,使人神魂颠倒。年轻画师被这翠玉色的香气击倒在地,他笑着把衣兜翻了个底朝天,银子落在地上,很快就被总角小儿们寻去了。深黑的地里,蛐蛐在洞窟里鸣叫……再深一些的地下,死者们牙关紧咬,眼帘紧闭。

明月奴晚上没回沙州城,而是策马赶到了千佛洞去,他忍不得宅子里三哥那个已经空了的房间。他整夜手执一根蜡烛,在前朝大师们所绘的佛窟里,时而徘徊,时而呆坐,细密的色彩在他黑漆漆的左眼里跳动着,整个世界就在他心里汇集,并淌出许多支流,一直淌到那些最惨绝人寰或最美好圣洁的角落里去。

释迦牟尼说,在这末法时期,众生虽愚钝,却仍有四万八千亿能证得正果。

明月奴却觉得,世界上无辜之人的血都在这个四月随着美酒一起流干了,剩下来的人没有一个能证得正果或往生极乐,包括他自己在内。而除他以外的所有人却想着,人人都能往生极乐。只要春种秋收,夏日多饮酒,供养佛祖和各方葡萄神、驼马神、风伯雨师,多布施,少杀生,多顾妻子,少留杂种,就没什么问题。不过即使杀过人,放过火,只要诵《大悲咒》,抄经祈福几次,罪业也可消除。

他从前也觉得人人都可以,现在他不知道了。

地狱变

明月奴觉得"明月奴"正在消失。

"明月奴"在夏季晌午的光辉下渐渐消融，像是三哥曾经说的那个故事里，小儿用雪砌成的屋舍和山岭。

"三哥！三哥！三哥！"他朝着四面八方喊，但是那些喊声好像都被看不见的墙壁一一弹了回来一样。

"你觉得画真的能杀人吗?"明月奴在梦里问三哥。李冉枝总是在梦里出现。这些梦总是云山雾罩，三哥一身彩衣，乘坐着两匹白色怪兽拉着的车，餐霞饮露，发色绀青，目若琉璃。

"能的。但是何必如此?"

"你告诉我怎么做，你一定知道怎么做。"

"你先说说，为什么要用画来杀人呢?"

风吹得他眼前发昏。

"因为了不得的画本身就是要杀人的，是不是?"李冉枝像往常那样，挑了挑眉毛，问道。

明月奴觉得这就是真的。

"三哥,你究竟为什么要在集议的时候那么做呢?"

他瞧见李冉枝笑了起来:"你问问你自己,为什么会让三哥那么做呢?"

"我是想救你,从来没想到要你救我,事情是我做的,你为什么要管?"明月奴几乎是在嘶喊了,可是声音听上去仍然轻飘飘的。

李三郎并不理睬,只是兀自问道:

"你告诉我,画是什么?"

"颜色和线条。"

"不,再问一下你自己,它到底是什么?"

四面八方的风围过来,他看见这些风似乎有颜色,回青、石蓝、石绿,在风里似乎还飘荡着一支出猎的马队,队中众猎手皆是古时装束。明月奴回想到,似乎是在什么地方见过他们的。在什么地方呢?

"效仿。"明月奴说。

"对什么的效仿?"

"所谓外物。山川、草木、亭台、鸟兽、人事,大概吧。"明月奴皱起眉头。

"那画中为何又有鬼怪? 为何有神明? 难道这些也是真实存在的外物吗?"三哥问。

"我不知道……"

"记得你和我说过的,你见到过的古坟和番红花吗? 你当时说,它们被摆放的位置让它们或显得美,或显得丑。"

"大概有这个意思。"

李冉枝从云雾笼罩的马车上向明月奴伸出手来,手中拿着一枝花,紫色花瓣和金灿灿的花蕊。明月奴认得,这几乎就是当时他在古坟那里看见的番红花。一瞬间,冉枝的手指变成了骷髅的手指。

明月奴一惊,吓得踉跄几步,向后退去。在风中浮动的青蓝色的烟云,转瞬变成污泥尘灰,拂了他一脸,而拉车的白色神兽也变幻成鬼怪的模样。

"记得。"

"效仿的究竟是什么?"

"心绪。画效仿的是人的心绪,以及人心绪所演变的一切,而不是任何外物。"

"还不仅仅是效仿。它们互相映照,也互相影响。"

李冉枝扬了扬袖子,车子缓慢地飘浮在空中,在他身后,同样飘浮在空中的还有模糊不清的山峦、湖泊。

"你看我们在哪里? 你能说这都是假的吗?"

冉枝从他的云车上站起来,把手伸向那些同样悬浮在空中,不知远近为几何的山峦。

那些山峦竟然变得比人的手掌还轻,还小。李冉枝把它们一一像纸一样叠在一起。

"还是真的呢?"

明月奴果然听见揉搓纸张一样的声音,然后,眼前的事物也像是附着在纸张上一样平坦了下去。紧接着,随着那阵响动,梦里的一切全部不见了。原来他是躺在那个西魏洞窟的壁画底下睡着了,那奔跑的白色公牛还好端端地挂在石壁上。

这些日子，由于惹到官司的缘故，原先谈妥请他们去绘壁画或者人像的世家、寺院，都纷纷地毁了约，有些甚至连订金都撤了，生怕和他们扯上半点关系。这样一来，筹措杂役、学徒和采买各项画材的开支成了麻烦。这一切都是由上了年纪的杨武龄打点，而劳累使人病弱，在夜里，明月奴隔着墙都能听见师父在咳嗽。

时常和他们交游的有名的画师们，也极少再到访了。除了李大宾之外，其他世家子弟的邀约，也几乎都没有了。

事情还不仅仅这么简单，明月奴受伤的眼睛比原先似乎更坏了。走在街上，他发现，朝他走来的活生生的人，那裂口看起来越来越像偶人。而且那些偶人已经褪色了，用彩色的漆画成的面庞，手足全都脱了色，让他只看到一具具骨架在街上走来走去。又或者，和别人说着话，突然，对方的脸就像触到火的草木一样翻卷起来，很快烧成灰了。

哦，有时他觉得，所见的一切都是纸上的幻影。

明月奴还更加频繁地看到沙州城上空的那个裂口，往往是在晴空万里的时候，猝不及防地看见，那裂口一次比一次显得更加广大、恐怖。

第一次看到那个天上的裂口的时候，那裂口看起来好像撕开了的一面布帛，里面露出的仿佛是一个花园的景象，不时会掉下来藤蔓、金粉和卷曲的云。

而现在掉落下来的却是腐烂的植物、朽坏的铠甲，有的时候还有一些黑色的墨水一样的雨滴从裂口里落下来，有的时候雨滴则是暗红色的。

最后,什么东西都不再从那个裂口中出现,看起来,天上的裂口越来越大,黑洞洞的,整个天幕似乎都要被撕扯下来了。

比这幅景象更让人不安的是一个念头:

仿佛从来就没有过三哥,没有过安延那,也没有过绿水一样。似乎一开始的时候,就只有他一个人,这些来来往往的、令他印象深刻的过客,似乎都是从他本人分流出去的,而他们的消失,更像只是兜了个圈子,又回到了他自己身上。

三哥死了之后,他会像三哥以前那样,常常与自己针锋相对,提出问题,而之前他从来不会问自己那么多问题。

安延那逃跑失踪了,他竟然也变得有些像安延那一般敢于铤而走险。之前他无非是做些市井游侠儿的勾当,现在却盘算起如何报复贺兰副使来。

有可能,从头到尾就只是一个人罢了。

李三郎。

安延那。

绿水。

还有谁?下一个该是谁了?

他摇了摇脑袋,甩开了这个念头。

由于周鼎和贺兰嗣成对他的委任,李大宾委托他绘画的那个石窟不得已停工。学徒和工匠们都去了贺兰副使说的地方开凿石墙,粉刷内壁。好在李大宾好说话,并不急着完成什么。日光晒得李大宾庭院里的紫藤枯死了大半。

明月奴心中过意不去。上门对李大宾致歉。

"我知道阿郎想做的和其他画师并不一样。"李大宾说,"我愿意做的,和其他供养人也不一样。我修建佛窟并不是为了自己来礼佛,而是为了你们这些丹青圣手。在我看来,阿郎未必不可成为尉迟乙僧、吴道子那样的画师。那座佛窟并非我为自己修建,而是为了你能画出伟大的壁画而修建。"

"府君厚爱,我无颜以对。"

夏季末尾的太阳从上方炙烤着,明月奴觉得眼前水汽弥漫。他有点迷糊,仿佛看到灰蒙蒙的三危山,还有山上那一间一间蜂巢一样的洞窟,这景物本身就弥漫着一种不可名状的香气。

翌日,隔着院子听见马匹嘶鸣,贺兰嗣成遣来的小吏已经站在宅邸门口,杨武龄和明月奴一同出去迎接。

"还是由我来面见使君吧。"杨武龄略有些迟疑地朝明月奴望过去。

明月奴目光扫过杨武龄憔悴得甚至有些灰败的脸色,转身朝小吏回复:"不必了,还是我亲自去见贺兰使君比较好。"

小吏有些为难,支吾道:"阿郎不是和使君……有过节吗?"

"领我去便是了,说那么多无用。"明月奴面无表情地理了理衣襟,催促小吏领他出去。走到半路才回想到,他先前的手势正是冉枝整理衣襟的手势。

那天,明月奴等待许久,却并没有见到贺兰副使。

"贺兰使君正与周使君议事。"

"议的是什么?"

"我也不太清楚,仿佛是吐蕃人修书来,要求周使君割让几个沙州的郡县,说若是不同意就要起兵,贺兰使君正和他商议着如何跟吐蕃人交涉呢。阿郎莫急,使君不到,也会派人送达这次作画的题材的。"

果不其然,贺兰副使一会儿就遣人送来了信件。

信函里只写着"地狱变"三字。

"郎君,敢问周使君和贺兰使君为何令我画这个?"

"阿郎,我如何敢猜测使君的意思。"

"你就猜测一下,有什么关系。"

"可能是沙州近来不太平吧,想请你们画一些地狱变或者十王变的画。吐蕃人近来又猖狂了些,沙州好些个边远的郡县都落到他们手里了。画些画,好震慑那些投机的和为非作歹的人,让他们不敢为恶。"

明月奴捏着信纸,点了点头,有了主意。

八月末,明月奴和年纪小些的学徒们来到了贺兰副使所说的位置。这个洞窟在三危山很低的地方,几乎人人都能看见它的所在。

明月奴在这个宽广方正的石窟里面转了一圈,席地而坐,抬头望向刚刚被匠人们粉刷平整过的穹顶。

等他低下头来,三哥似乎就坐在他的对面,摇着折扇。不过这次他并不像一个仙人,而是平常装束,就像是往日里他们一起谈天说地的样子。

"效仿。"李冉枝说,"画是效仿。而你所说的伟大的画,效仿的是最难的东西,也是效仿得最好的。"

"我记得李大宾当时说,人的情感才是最不可捉摸,本不该在世间存在,却无处不在的事情。"

"是啊,效仿的未必是外物,可以是情感、心绪。而心象变幻纷呈,除了已经发生的事情,未必不可效仿还未发生之事。"

"你的意思是,还未发生之事,如果被画效仿,可能就非发生不可了? 又或者不会再发生?"明月奴问道。

"我没有这么说。不过你自己曾经说过类似的,乐师康莫天的故事。"

"我不太记得自己说了什么。"

"你当时说,康乐师发现,《兰陵王入阵曲》是在战乱时期出现的曲子,战乱一停止,曲子就消失了,也只有再出现同样的战乱,才能被再次真正地演奏。"

"那么,《兰陵王入阵曲》可能就是战乱本身?"

"也许。"

"那我画了地狱,也就可能真的把什么变成地狱。比如,让害死你的人,落到这种境地里去?"

"也许吧。不过你看,如果不是先把自身置于地狱,就万不可能完成这样的题材。再者说,杀人的画,到底是画还是刀呢? 让人落到地狱里的画师,还是画师吗?"李冉枝笑盈盈地望着他,突然"咔嗒"一声合上了扇子,消失不见。

给明月奴送东西的小学徒已经在门口站了好久了,一脸愕然地听着他对着一把平放在地面的纸扇自问自答。

小学徒送来的是一个插花的陶瓶。

前些天明月奴兜兜转转地走回那天他遇见绿水的街头。街头空无一人。

在空无一人的长街中间,他看见一个东西。

一截杏树枝掉落在地上,那些花朵早就枯萎了。这是不是当时他丢弃的杏树枝呢?

他并不需要一个舞女来做伎乐天的范本,他从一开始就不需要这样一个人。有没有绿水在,他若是能画,仍然能画,而不能画,却也是依旧不能画的。

这截杏树枝,和任何枯死的树枝没有区别,可他仍然忍不住把它拾了起来。因为它让他想到当时痴儿子塞到他手里的那截开花的树枝。

画是效仿。但是效仿的并非外物,而是心绪情志。

他想不明白为什么,当时一定要买下绿水。

难道绿水也不是外物,而是他的心绪?

他想起那日在石窟里,他问绿水,她到底是什么,绿水竟然指向的是他自己。

李大宾说的"本不应该在世间出现,但又确实在世间存在"的东西,在于阗变乱之前踞坐在屋顶的胁生双翼的怪物,刚刚盛开的杏花,还有绿水,这些之间有什么关系呢?

这些事情现在看来都毫无意义,而且无关紧要了,可是三哥就为了他这一件无关紧要的事情丢了性命。

现在枯萎的杏花枝条被放进了这个被小学徒送来的瓶子里。

也就是大历十二年秋冬之交的时候,地狱的形貌在沙州城和明月奴的图纸上同时初见端倪。

饥馑的前兆笼罩了整个城市。沙州居民们原先所热衷的赛社、庙会、礼佛节,连同集市上原先琳琅满目的香料、衣料、瓜果,几乎是完全不见踪影了。

沙州人没有足够的饲料喂饱马。路上横亘着马匹倒伏的尸体,早上,一层白霜结在死马的睫毛上。

贫苦人家开始卖掉自己的子女。集市上充斥着被卖掉的孩童和女子的哭号声。卖家有时会把带有买主姓氏的铁块烧红了,刺啦刺啦地印在那些被买卖的人口身上。

城外的盗匪常常趁火打劫。

复仇的、心怀不轨的、寻衅滋事的,也都不再遮掩了。

渐渐冷下来的天气让一切更加艰难。城中出现了不少病患,新生的小儿大多夭折,而老人更是亡故者甚众。城中医馆人满为患,但是药材短缺。往常珍贵的药材不是从中原,就是从西域运送到这里,自从吐蕃人截断了商路,现在全部没有了。

老画师杨武龄也没能幸免于难,他日夜咳嗽,医馆的大夫诊定了,他这是得了痨病。

杨武龄避不见人,学徒和工匠们知道他患此恶疾,都躲他很远。只有明月奴并不避开他,时不时还去和他谈天。他丝毫不害怕自己也被染上这玩意儿,他根本没有想过,或者说,即使现在有一支箭朝他飞过来,他也自信那支箭会打个弯绕过他的。

"师父,有没有什么时候,让你觉得特别想去画些东西?"

"有的。"

"什么时候呢?"

"说来很奇怪。"

"说说看吧。"

"我是在沙州为数不多和你阿娘,还有其他西域乐师相熟的人。她来到沙州的时候已经病得很重了。"

"那一年,沙州有大规模的疫病吗?"

"是的。"

"那看来,冉枝的父母——郡公和郡公夫人,也是得了这个病才去世的……"

"你父亲,可能是长安的某位世族子弟吧,曾经来寻过一次,已经找到了她的同乡,可她执意要同乡带去与事实不同的话。"

"当时她是怎么说的?"

"她让同乡转达长安公子,就说她和你都已经意外落水,不知所终。"

"原来是这样。"明月奴说,"这些都不重要。不过,这和你想画的东西又有什么关系?"

"当我再去看她的时候,她已经离世了。你就坐在她旁边,三四岁的样子。"

杨武龄想到房间里昏暗的光线,已经死去的女乐师,还有那个像神明一样安静地坐在死者身边的小孩子。

他低头思忖着,沉吟许久,才说出来:

"说这话算是对逝者不敬。可我当时,确实想把看到的画下来。"

明月奴眼前飘飘然出现了古坟里、骷髅旁边的紫色花朵。

"可惜我并无才能,并不能抓住那景象万一。世人说我画得精细典雅,但实际上,从来都是有形无神而已。"

"嗨,你说的这些,我其实都不记得了。"半天,明月奴才搭上一句。

师徒二人坐在庭院里的石阶上,望向那因为许久没有疏通而变得浑浊、漂满落叶的水池。

城里实在是找不到药来治杨武龄的病。

明月奴出城去见索阿乙,看他有没有什么另外的门路。多数行商的人畏惧吐蕃的散兵和盗匪,都不敢再在西州和沙州之间往返,索阿乙算是一个例外。原先他只做颜料生意,现在也倒卖起了布料、药材,甚至还有盐。

"这是给你的订金,你先拿去。"明月奴递给索阿乙一个包裹,"如果你能到别的州府找到药材,治好我师父,还有更多的酬劳。"

索阿乙有些为难。

"要是找不到呢?你看,"索阿乙拍了拍骆驼背上的货物,"就连这些穿戴的东西都难找了。"

"找不到再还给我也不迟。"

"是那怪物把你害成这样的,现在不见了吧?"

"你说的怪物,其实就是个普通的小娘子,她庭上做伪证,倒没有害到我,是李三郎救了我一命。"明月奴快快地低着头。

"后来呢?"

"这里的事错综复杂。贺兰副使一开始就想要害三哥,他们两家好像有什么世仇,我也是不清楚了。"

"那小娘子现在在哪里?"

明月奴就和他说起绿水的结局了。

有人说这个小娘子是自行投水的,也有人说,庄户人觉得她不吉利,就在祭湫神的时节把她嫁给河神了。所谓嫁给湫河的河神,就是让女子坐在一艘凿了破洞的船上,在河上漂流,在哪儿沉了就算哪儿。这种事情在长安洛阳和其他中原地带,已经被归为巫术明令禁止,但是甘凉州府属于边地,近来战乱,并不会有谁去管这种事。

李大宾所说的"世间本该没有的,偏偏又在世间存在"的极美事物中的一件,也是彻底消失了。很快,湫河两岸传出了"湫河娘子"的说法,这件事情闹得不小,闹到了县令那里。

这个时候,湫河的水流会格外古怪,像舞步,像铃鼓的伴奏。起先人们都觉得恐怖。而之后,这种恐怖就变成一种向往,可能世界上所有的神明都是以类似的方式产生的。

绿水一事的知情者,无不觉得不安,心想沙州人的做法是不是得罪了神明,来年会遭大灾。

大灾也确实到来了。但是并不是人们料想中由河神带来的旱灾或者水灾,而是人祸,原先没谁会相信人祸这回事。

除了明月奴——画上的一切,似乎就是按照他的安排,在一点一点地运行。

　　线稿完成的第二日，节度使周鼎和节度副使贺兰嗣成一起来到千佛洞视察进度。随行的除了兵马使阎朝，就只有寥寥几个侍从。

　　"周使君有没有修书给西州回鹘呢？大唐和回鹘近年交好，能否向回鹘借兵，以解吐蕃之围？"贺兰嗣成看起来有些心神不宁。

　　周鼎长叹一口气："回鹘人不帮忙啊。不如让沙州军民弃城东去吧，多少能寻条生路，总比死守城池，被那些吐蕃人屠戮殆尽要好。"

　　"那怎么成？城内粮草众多，沙州又是重镇，城池稳固，吐蕃若是占了城，怕是要为害百年，我们也是再没有机会攻打回来了。"贺兰嗣成反驳他。

　　"那若是我们据城自守，又能撑多久呢？"周鼎问道。

　　"守军数万人。且不说人马的粮草，就说军费吧，我们就是把沙州里里外外都榨干了，也未必能维持得了两年。"

　　"那你还能筹到款项，兴建壁画？"

　　"周使君莫轻视这画，以为是雕虫小技。非也，画能言我们所不能言之事。开元二十四年（736），画师吴道子在景公寺壁上作《地狱变》，栩栩如生令人怖畏，连临近的屠户酒肆都改了行。我此番让人画《地狱变》，无非是震慑那些观者。沙州人好佛事，见到此画必然畏惧，平民百姓为了不堕地狱，肯定会为寺庙捐出供养。之后我们再向寺庙征税赋，粮草开销大概是能够凑来的。"

　　"这都是你请谁画的？"

"一个阿郎。"

贺兰副使和节度使周鼎二人并肩而行,走在洞窟外的栈道上。

"是那个,和宛河县公交好的阿郎?"

"是的。"

他们走进洞窟,环视一圈,周围的壁画虽然只是线稿,还未完全上色,也足够让人毛发直竖。

石壁西面,披发赤面的恶鬼手执长钉,钉住众生的手足、喉咙,堕下地狱的众生在汤镬里挣扎抽搐。

而石壁东面,地狱众生衣不蔽体,被鬼卒们用连枷绑在一起,或被乌鸦、恶犬啃噬躯体,或被鬼卒截去四肢、眼睛或者耳鼻。

"这些鬼卒和判官的装束也是有意思。"节度使周鼎竟笑了,"赤石涂面,披发左衽,分明就是吐蕃人。而历来画《地狱变》,判官都是着中原官服,这里的判官,倒是戴着回鹘冠帽。沙州眼下,也还真是仰仗回鹘人了。"

"画得也不假。若是吐蕃人真的攻到城里了,可不就是会这样杀戮吗?"

"这里先上了色。"贺兰副使呼道,朝头顶指去。

石窟上方的藻井吐着蓝色的火焰,而在火焰当中,俨然是一座城池。

城池四周还用明亮的青绿色和黑色画着一些细小的东西,节度使和节度副使踮起脚来瞧过去,发现那是身上着火,痛苦挣扎的人们。

两人低下头来的时候,都觉得头晕目眩,又不知道为何,都想做些惊险之事。

"周使君,我想到一个法子。"贺兰副使说。

"什么?"

"焚城。沙州军民跑出去之后,把城烧了,就像这样。"贺兰副使指着头顶熊熊燃烧的地狱业火。

"吐蕃人得不到粮草,也没了城池可倚凭,过不了多久必然撤退。那时我们再回来,重新建城也无不可。"

"兵马使,你觉得此计如何啊?"周鼎提高声音,朝等在外面栈道上的阎朝问道。

阎朝低头行了个礼,什么都没有说。

"那就这么办吧。西州回鹘若是再无援兵的意思,我们就先走。我们走之后,再昭告全城,让他们自行去留。"周鼎命令道。

不知道是过了十几日还是二十日的下午,明月奴在路上走着,突然见到一队校尉典仪,举着几面有些褪色的旗子,护着贺兰副使,匆匆忙忙地从市中骑马驰过,瞧着方向似乎是往他自己的官邸赶。

"使君这是怎么了,为什么这么匆忙就准备出城了?"贺兰副使离开的路上围拢了一些人。

"沙州城里要变天了。"

"沙州要完了。"

"周使君不见了,贺兰使君也要跑吗?"

兵马使阎朝的铠甲,一到早上就结满了白霜。大事有许多都是在早上发生的,叫你无从防备。

兵马使阎朝正随节度使巡城,这天早晨,周鼎令他出营打草。

同时,还派来了一个叫作周沙奴的小吏,这小吏由于深得周鼎的信任,做派甚至胜过众多官员。

"兵马使,我看你现在可是没有用处了。"周沙奴嘲笑道。

阎朝并不理会。

"使君要弃城了,这下可就用不着你们这些喊打喊杀的人了。"周沙奴眯起一只眼睛打量着阎朝,卷了卷镶着银饰的胡服袖口,"不如我们来比一比弓箭,消遣一下,瞧见那边草丛里那只兔子吗?我常随周使君出猎,打这种玩意儿就是手到擒来,你试试看,不是我夸口,你呀,可能还射不中。"

阎朝一言不发,照话弯弓搭箭,直接把箭射到了周沙奴的眼眶里,然后抽出佩剑,把那颗刚才还在喋喋不休的脑袋割了下来。

阎朝提着周沙奴的脑袋,在士卒们惊惧的眼神里走进节度使营帐,把脑袋扔在了节度使周鼎的脚下。

周鼎望了望地面,望了望脑袋,又望了望阎朝。

"你怎么敢杀人了?!"

阎朝仍然一句话都没有说,只是朝周鼎一步一步逼近。

周鼎手无寸铁,只得绕着营帐乱转,把营帐中的沙盘掀翻了。

阎朝一步腾挪到他身后,用弓弦勒死了他。

约莫半刻钟,阎朝就走出了节度使营帐,召集随行的将校。当着他们的面,把节度使的尸体拖了出来,大声宣告:

"周鼎和亲信密谋,妄图弃城东逃,置百姓于兵祸而不顾。今我为大唐讨逆,诛杀贼人,领河西节度使一职,誓守沙州。"

军中变乱的消息很快引来了贺兰副使。

"听闻周使君意外亡故，我自当接任河西节度使，兵马须经我调遣。"贺兰副使勒紧马缰，厉声斥道。

兵马使阎朝站在一队卫士身后并不为所动，他一丝不让："是我接任河西节度使，该请回的是贺兰副使。再者，周鼎不是意外亡故，是我杀的。"

"你这是谋逆！你刺杀周使君，还谋夺了兵权。兵马使，吐蕃压境，你竟敢在军中哗变！"

"贺兰使君，你和周使君想着焚城东走，才是谋逆祸国吧。"阎朝平静地回应道，"沙州众人流离失所，一路上会被盗匪劫掠，又或是被吐蕃的散兵截获，这些你们不会没想到。你们谋划着弃城，无非是不想和沙州共存亡，拿沙州众人换自己一条命罢了。"

"你不遵长官政令，谋害节度使。我要回长安奏明天子。"

"贺兰使君请便。长安路远，恕我不送。"

贺兰副使环顾四周，发现自己被一圈长矛环绕在中间，矛尖森森然发着寒光，兵士们头盔上的雉鸡羽毛在日光下发出晴彩。

贺兰副不得已将马头转向沙州城的方向，那些长矛才往左右两边分开。

一个校尉举起连弩，朝着贺兰嗣成的后背瞄准。

"放他走。"阎朝向校尉摇了摇头，示意他放下弩箭，"一个文官而已，杀他做什么呢？"

于是才出现了之前那一幕。

围观的众人反应过来，贺兰嗣成这是要离开沙州了。

"沙州要变天了。"

"这下是真完蛋了。"

"变什么天了？你说明白些。"明月奴随手拽住一人的衣服问道。

"听说兵马使把周使君给杀了，贺兰使君也怕兵马使杀了他，这就要逃呢！阿郎若是能走就也走吧。吐蕃人来势太猛，节度使都护不住沙州了。"

"他往哪个方向逃了？"

"刚才是往他的府邸方向，但是也走了好一会儿。现在去哪我也不知道。"

明月奴向那人行了个礼，就跨上大青马追着贺兰嗣成去了。

周鼎今日带着守军出城巡视，城门口的守卫稀疏了许多。明月奴策马跑过罗城门，又路过城墙、汉代的烽燧、古坟，路过秋天麦子收割完毕的漆黑的田垄。

仍然有鹅黄的、粉绿的幻影在远处舞动，有的是西域人形貌，有的是峨冠博带的古人，可明月奴没有再去看他们。

他只是紧紧地盯着地平线，果然发现了远处有几面旌旗依稀招摇着，连忙策马紧追。

贺兰副使和随从的几个尚书郎骑马，出城行了数里，前方戈壁茫茫，举目无边。

护卫们已经被他先遣走，去护送崔氏夫人和其他家眷了。

贺兰副使时不时回过头来远望沙州的城墙,好像在沙州还有什么心愿未了似的,他很快被那些尚书郎落下。

"去长安,一路好走啊,贺兰老贼!"

贺兰嗣成见到来者,先是惊愕,不过很快也就释怀了,苦笑了一声:"阿郎要是来找我寻仇就寻吧。"

明月奴拔出佩剑,哪里会听他多说一句,直朝他扑过去。

贺兰副使本就一介文士,剑术并不很精湛,短剑往前一刺,不知是懦弱还是不忍,也许两者皆有,手腕一斜,并没有刺中明月奴的喉咙,而是挑断了他脖子上那根悬着玉佩的彩色丝线。明月奴避过一险,当胸一脚把贺兰副使踢倒在地,剑尖横在他脖子前面。

玉佩在沙地上滚动了几下,在贺兰副使的耳边停住了。

贺兰副使趴在地上,目不转睛地对着玉佩直望,好像发现了什么不得了的事情,突然焦急起来,大声喊道:

"阿郎,你说说,你娘叫什么名字?"

"狗官! 我娘叫什么关你何事? 你杀我三哥,害我师父病重,我今天是来拿你命的!"

"阿郎! 你要杀老夫,老夫也认了。但你告诉我,你阿娘可是名叫丹伽罗? 你脖子上的那块玉佩是不是她给你挂上的?"

贺兰副使把手伸进衣领,掏出一枚一模一样的玉佩来。

是又如何?

是又如何呢?

可是一切都清楚了。

明月奴觉得耳畔仿佛一阵铙钹鼓声，金光破空，左面眉骨上有凉津津的东西一缕一缕淌下来。

滴答滴答。血的味道。

河水在沙漠上流淌。河水涨得很快比沙丘还要高，不一会儿就把太阳吞没了，然后河水很快要吞没他。他冷不丁想到在李大宾静谧的庭院里，李大宾说的那个故事。

明月奴一点都不想知道，可是一切都清楚了。

那世家子无疑就是目前的贺兰使君，而他和母亲与这个故事有什么关系呢？

贺兰泽被杀死之前突然问他，"从哪儿偷的"，大概就是在说这个玉佩。想来贺兰泽突然拔剑攻击他和安延那，许是看见自己身上挂着的这玩意儿，把自己当成了偷走贺兰使君玉佩的窃贼了。

三哥的死又和贺兰使君有什么关系呢？三哥是知道了什么吗？

明月奴偏过头来想了一下。

一切终于清楚了。

他手中的佩剑无声无息地落下，刀剑落地总该当啷一声，可是此刻它落在绵软的沙地上，的确是无声无息的。

几个尚书郎见到节度副使未曾赶上，又掉转回来。瞧见有人方才持剑和他对峙，便要弯弓搭箭。

贺兰副使喝令他们停手。

"你没有死啊，我儿！你原来没有死啊！"贺兰副使自言自语，向后退去。

贺兰副使伏在马上,骏马踢踢踏踏朝戈壁跑了几步,又被拉转回来。

"明月奴……丹伽罗……离开沙州……"贺兰副使喊道。

"你莫过来!趁我没后悔,走开!"

"走!快走!"

明月奴也不回应,只是捡起那块玉佩,用尽全身气力地朝着贺兰副使离开的方向扔了过去。

已过知天命之年的贺兰副使垂头丧气地坐在马鞍上,如同稻草人一样左摇右摆,冠帽下散落出来的花白头发自嘲地在风里发颤。

这件事竟然就这么不了了之了。他想。

一个多么完美的作品,简直是为了惩罚他而造就的**极**精准的一件工具。

贺兰公子出身世家,虽然这个世家已然没落。在他二十多岁的时候,长安城的柳枝青青,宽广的大路上,随处可见镏金鞍鞯的骏马缓步行走。清晨,坊门一扇扇张开,如同初醒之人的眼帘。

他年少时爱诗文,常常向教坊的歌女们赠送缠头和为数不多的金钱。教坊的歌舞伎中多奇女子,爱诗文者往往不在少数。他流连于平康坊一带,逃避父兄为他选定的崔氏女和她那个蠢笨又爱哭闹的孩子。他知道那并不是他的儿子。那个崔氏女和许多贵族子弟都纠缠不清。那不可能是他的儿子,因为他知道,崔氏女最常和清平郡王来往,那多半是清平郡王的儿子。

那日,宴会上请来了弹琵琶、奏箜篌的胡人乐师。他们从龟兹国来,是一家人。须发皆白的父亲是羯鼓乐师,几个儿子演些弦乐,十六七岁的小女儿,是琵琶乐师,也是舞者。

龟兹少女名为丹伽罗,译成汉文便是"沉香"之意。她头发乌黑浓密,与沉香木并无二致,皮肤如同玉兰花般发出金色光晕,一双碧眼四处流盼。

她朝他笑了一下。

他读过的白居易的诗句如同手中的扇子,唰的一声在脑海里打开:

> 胡旋女,胡旋女
>
> 心应弦,手应鼓
>
> 弦鼓一声双袖举
>
> ……

次日,贺兰公子就带来一对上好的玉佩,将其中一只赠给了佳人。

西域胡人风气淳朴,遇到心悦者,即刻住在一起也不是不可。丹伽罗汉文生疏,贺兰公子每每自朝会上回来,就匆匆赶到别院,教丹伽罗汉文。贺兰公子平时爱极李太白的诗文,念起来音色朗然,甚是铿锵有调。

于是,在平静的下午,在牡丹和蔷薇围住的小院里,丹伽罗曼妙的嗓子也开始不甚标准地念着:"明月出天山,苍茫云海间。"

"幺郎,这是什么意思?"她侧过身子问他。

"明月从天山中升起,穿过云的大海。每天的黄昏从西边天祁连那里升起的月亮,都是要穿过这样一片海,才能到达高高的天顶。"

一年之后,一个男孩子出生了,贺兰副使回想起来,似乎这个男孩子有很蓝的眼睛。

先前那个手持利刃的年轻人也有那样蓝色的眼睛。

明月奴。从明月升起的地方来的孩子。"明月出天山,苍茫云海间。"

贺兰副使伏在马背上,泪水和马的汗水混在一起。他突然觉得自己的一生充满离奇的错误。

虽然是衰落的世家,毕竟也是世家。他那傲慢的父兄若是听闻他在外面和胡姬混在一起,指不定会动家法亲手了结了他。但若是和胡姬有了儿子……事情也许就会不一样了……虽说是胡人的儿子,也毕竟是贺兰家的儿子。只要丹伽罗可以为了这孩子,委屈成为自己的侍妾或者婢女,那他们至少可以住在一起。至于崔氏女,只要对她礼待有加,她一定也不会对此有什么异议。

至于为了丹伽罗反抗父亲和兄长,他着实不想也不愿。

"你自言自语什么呢?"丹伽罗凑上前来。

贺兰嗣成低下头说道:"我同你生活这么久,有些事情也许得跟你说明了。"

丹伽罗并不意外。

贺兰嗣成支吾着也说不出来什么。

"幺郎,"丹伽罗斜睨了他一眼,爽朗地笑开了,"你想说的我今早就知道了,你的夫人是不是姓崔?你是不是有一个长子?早上,崔氏夫人母家遣人过来,让我离开长安。"

"你不必离开长安。"贺兰公子有些尴尬,"我对崔氏无意,崔氏也意不在我。你若随我去府上做我的侍女,她什么都不会说。"

"难道我可以是婢女或者仆役吗? 贺兰大人就是这样看待我的吗? 我只道你是个未婚配的少年郎,没想到你早有了妻子。"她继续高声大笑,讥刺的声调被她那异国口音放大得愈加明显。

"我先祖姓苏,是龟兹国的国姓——如果不是被别姓取而代之的话,你可能连见我一面都难。"丹伽罗纤细却高挑,她从石凳上站起身来。她仰起的下巴,睥睨的神色,头发发出的青铜般的光辉,令她看起来比贺兰嗣成还略微高些。

"郎君还是好自为之吧。"

"算我求你了,丹伽罗!"

丹伽罗俯视着他,仍旧微微笑着:"我考虑一下便是。明天你再来找我,我告诉你。"

他再没有见过丹伽罗。

得知他在洛阳已有正妻长子,她当晚就抱着儿子离开了,想来一定是往西去追她父兄了。

他打听过许多次,终于打听到,她和其他同国的乐师行到了沙州。可是被他找到的龟兹乐师只是说,丹伽罗在去沙州的路上,孩子不知道为什么落了水,而丹伽罗也在涉水去找孩子的时候,消失在水里不见了。

数年前,贺兰嗣成自请卸任京中的职务,调任河西节度副使。他时常想到会和那个白瓷似的婴儿见面,而远远没有想到,有朝一日会有一个瘦削而刚劲、身手矫健的年轻人捏着剑站在他面前,像刚才那样。

"如果明月奴还活着,该有多好啊……"贺兰嗣成常常这么想。自从到了沙州,只要听说有叫"明月奴"的阿郎,他总会下意识地多看几眼。

可沙州城里的胡人阿郎,名字叫明月奴的,实在是太多了。

这只能怪淮安郡公——本身该迎娶崔氏女的是淮安郡公——为了自己所喜爱的平民女子,把崔氏推给了他,丹伽罗才会带着明月奴离开。

算到最后,只能怪郡公,郡公间接杀了他的儿子。

他无时无刻不在想这样的一些问题,想到了无数种答案。

他也无从料到答案会这样诡异、凶险,而且猝不及防地抛到他脚边。

"你能活着,"贺兰副使朝着明月奴仍然站着的方向大声说道,"实在是太好了。"

明月奴用袖子捂着眉骨上的伤口,牵着大青马往沙州城里赶。

他每走一步,都觉得衣服、手脚、帽子、头发、眼睛、鼻子,一缕一缕地从自己身上飘散,化作空气中熄灭的蓝色火焰。

当他望见崔巍的沙州城墙的时候,"明月奴"也就真的不见了。

眼看到了沙州城的雉堞下面,一个拖家带口,牵着骡子,拉着木板车的沙州居民,正从他旁边走过,忍不住说了两句:

"大家都往外面逃,你倒往城里面走,等到新节度使一上任,城防加紧,你想走都没法走了。"

"诸行无常!"明月奴笑道,"你逃出去未必比我留在这里安全。"

"什么? 你讲什么?"

"我可没讲什么。"他找那人借来一块破布按住眉骨上流血的地方,继续一瘸一拐地往城里走去。

释迦牟尼涅槃像

这又是哪一年呢？明月奴思忖着。

这是大历十二年吗？还是大历十一年？还是说，已经过去一百年、一千年了？

这也许只是大历十二年呢。

在大历十二年，明月奴又回到沙州城里的宅院。远远地看见宅院的墙壁被凿了一个洞。在沙州一带，墙上如果凿了洞，是会有死人被抬出来的。

果然，师父被从那个墙上的洞里抬了出来。

索阿乙收了明月奴的银子，却再也没有带着能治瘴病的药材回来。明月奴想起这件事心里也是阴恻恻的，却不是为了丢掉的银子，而是为了索掌柜。这种战乱年头，如是出城半年还没有任何音讯的话，可能就是永远都没法回来了。

为杨武龄请来僧人念往生咒的当晚，明月奴默默地想着，连带着给索掌柜也念一个吧。

吐蕃人的大军在沙州城外，扎起了密密麻麻的营帐。

大唐在安史之乱后休养生息时，吐蕃正舒展着双翼，吐蕃的国王赤松德赞，也就是在大历十二年，接连攻下了大唐的好几个州府。他命令将军尚绮心儿移帐到祁连山，以那里的水草供养军队，与大唐时而交战，时而会盟。在这一年，天竺国来的莲花生大师，为赤松德赞在桑耶寺修建的白塔也竣工了。

这是个好兆头，赤松德赞挥了挥拳头，决定往南方去，攻打富庶的摩揭陀国，取来佛骨舍利，放到刚刚修建好的白塔里供奉。

恒河北岸的王公们听闻此事，纷纷向吐蕃投降纳贡。

赤松德赞一夜接着一夜做梦，梦见两只鸽子，分别从北面和南面的大雪山、东面和西面的大沙漠给他衔来四片叶子。这似乎在说，吐蕃的王统可以伸展到不可计量的远处。

而在他环环相扣的梦境里，沙州是仅剩的一环。

和赤松德赞一样，在大唐大历十二年，师父离开人世的几天之后，明月奴做了一个梦。

梦里，吐蕃兵士们举着火，喉咙中发出咝咝声响，像风一样掠夺，所到之处除了沙土，什么都没有留下。他梦见了自己一动不动躺在那天和贺兰副使斗剑的沙堆边，但是与他所记得的不同，紫黑色的沙子灌满他的口鼻，一柄剑扎进了他的胸口。远远望去，沙州的城墙陷在一团蓝色火焰里，那火焰完全就和他在《地狱变》的藻井上画的一模一样。从沙州烧焦的城墙后面，蹿出来许多奇形怪状的鬼怪，很快到了他跟前。它们一拥而上，大肆啃咬着他的脸，他的喉咙，他的手臂，他的眼球和舌头，脚趾和下体。被撕碎的身体没有流出血，大概是早先全流干净了。

他试着站起来，朝前走，但是却一步跨到了凉津津的水中。

戈壁滩哪里会有水呢？他朝周围一望，这里又不是戈壁了，而是大泉河布满卵石的河滩。

有四个全身赤裸的人，站在大泉河的中间，不断地舀起水浇在他们的头上、脸上。

待他走去，四人就朝他齐刷刷地转过去。那四个脑袋分别戴着蓝色、红色、绿色、黄色的面具，像是百戏子演戏一样。他们把他围在中间，伸出手来，把他身上破烂的衣服一片一片撕扯下来。

而被扯下去的衣服纷纷变成彩色的伎乐化生、迦陵频伽鸟、雷电、风神，盘旋在平静的、青色的水波上。

那四个百戏子绕着他，在河滩上跳起舞来，直到河里升起两只手，手中捧着一个白色的似笑非笑的木头面具，他们一拥而上，要把面具扣在他脸上。

他醒来，觉得呼吸有些不顺。

等到几天之后，学徒、工匠、仆役们高矮不一、参差不齐地站在他面前。他才明白自己已经是宅院的主人，是这些学徒、仆役的当家人了。

大历十二年过后三年是建中元年，也就是公元 780 年，年老的代宗皇帝驾崩了，新皇帝李适登基。沙州人似乎有了一线希望。节度使阎朝上书给皇帝请求增援沙州，但是并未得到任何回复。

建中二年,沙州又丢掉了寿昌县和几个乡。

事情直到建中四年才稍有转机。大唐皇帝和赤松德赞终于和谈,沙州的重围才被解开。但是无论是皇帝、吐蕃国王还是节度使阎朝都知道,战事还会再起,这个重围并不会永远解开。

建中四年的时候,明月奴做了两件重要的事情。

一件是,当着许多沙州民众的面,他走到画着《地狱变》的那面墙壁前面,拿着凿子和钉子——像是画中恶鬼手上所持的凿子和钉子——把那些将滚油浇在人身上,或者将人抛进冰河的恐怖图景全部敲了下来。

沙州人不知道他这么做是为什么。

围观的沙州人嘈嘈切切地议论起来:

"为什么好端端地毁了自己的画呢?"

"怕是觉得画得不好,没脸放在这里。"

"是这位郎君心地好,不想帮着那两个节度使吓唬人吧?"

"心地好个鬼,他心地要是好,还会帮周鼎那个狗东西画这玩意儿?"

他听见这些,面上也是毫无波澜,只是呼来一个仆役,让他往石窟里抱一些柴草,一燎起火,整窟鲜艳的壁画霎时间就被熏黑了。

明月奴也不年轻了,没有人再能把他当作那个斗鸡走狗的少年人了。他的行为好像端正了起来。恭恭敬敬叫他"郎君"的人,多过了亲昵而有些鄙夷地叫他"阿郎"的人。"稳重"这一原先和他毫不相关的字眼,被越来越多地用在了他身上。

人们的尊敬永远不会没有来处。冥冥之中,也许沙州城的人们,从明月奴的举手投足里看见了命运,所有人的命运被握在他的手心,从他的手和笔被赋予形状,这些命运一旦被他画下,就全无了逆转的余地。

他脸上那些绒毛似的胡须,并没有像大家预示的那样,长成优雅的、乌黑的唇须,而是根本没有继续生长下去。

这多少让他看起来像个小孩子。

宛河县公李冉枝坟冢上的青草,一年比一年更加细小、茸密。明月奴时不时会到那里坐一会儿,冉枝自裁以证无罪,好像还是昨天发生的事情。

可是七年的确已经过去了。

李冉枝也再没有乘着云车在明月奴梦中的仙境里出现过。

第二件事则是,他又重新打开了李大宾委托他的石窟,开始画他那“最了不起的”一幅壁画来。

师父早已经去世,而贺兰家、周家作鸟兽散去。无人资助再建佛窟的条件下,画师、工匠们都扔下手头的工作另谋出路,许多还未完工的石窟不了了之。

凡是有些资财、胆子又小的画师,都趁着大唐与吐蕃和谈,沙州战火稍歇的时候逃难去了。有的逃往西边,准备到西州回鹘人的地方去,有的则顺着祁连山往东逃,希望回到大唐的地界,在长安蛛网般密布的小巷和暖黄的烛火里找到安宁。

明月奴仿佛没有听到这些动静一样,照常采购颜料,指挥工匠,为李大宾委托的那面佛窟造像。待到这些工作完毕,他就关起门来，一个人成日成夜地在里面作画。

除了他自己，没有谁见过那面壁画到底是个什么样子。

自从阎朝担任河西节度使以来，沙州军容严整。休战时期，吐蕃人从来没能靠近过沙州城墙的十里以内。休战期间，阎朝指挥下属，备齐了硫黄、火石、焦油，是准备守城时往城底下泼的。再者，砍来木材，抬来黏土，修补女墙和羊马墙，并在四个角楼上，又修建起了瞭望的塔楼，日夜派人值守。

李大宾想着的却是和阎朝完全不同的主意。

他计划许久的，位于千佛洞的涅槃窟也终于快要修建完成。人们时常能看见这位显赫的士大夫穿着朴素，来到他主持开凿的石窟前面，有时甚至会帮着搭上一把手，推来搭建脚手架的木材，有时又在忙着用矿石调配颜料。

修建这个石窟一共请来了几十位泥塑匠人，三组画师，可以说是，沙州所剩不多的人手全都来了。

明月奴和他的学徒们为李大宾所绘制的正是石壁上为释迦牟尼佛哀悼的百国王子和君主。

修建这个大工程，几乎耗尽了李大宾全部的积蓄。

李大宾和明月奴蹲在涅槃窟附近的土坡上喝着酒，两个人灰头土脸地套着粗布衣服。那土坡上还有一棵杨树，叶子被太阳晒得发白，远远望过去，像是第三个穿着白色衣服的人。

"阿郎，这件事快办完了，我也跟所有人一样，变成穷光蛋了。"

"府君说笑吧。总得给自己留下点什么，好趁着不打仗离开沙州。"

"我说什么也不离开沙州。"李大宾捧起酒壶。

"府君还记得开窟典礼吗？那时候可真是热闹。"

李大宾隐隐约约想起七年之前的典礼，上千人聚集在千佛洞前面的空地上的盛况。

铃铛、金粉和乐舞，熏香、扇子和彩衣。现在它们也只在那些壁画上存在了。

明月奴则想起那天所见的种种异象。

木雕似的众人……丝线一般的河水……在所有这些事情中，想来最危险的就是那座花园了。无论是人间的花园，比如李大宾的庭院，自己宅院里的水池，还是天上的花园——从天上的裂口中露出来的花园，你在凝视它的时候，决然不会想到这竟然会是一种倾颓的征兆。

"府君为何一定要做这件事呢？"

"阿郎呀，我除此之外也没有什么事情好做了吧？"

"倒也不是。府君还可以捐出修石窟的钱当作沙州的军费。"

"没有用的。"李大宾摇摇头，"无论是谁也没办法，沙州是救不回来了。不过阿郎大概也希望能有什么流传下来吧？"

"流传？府君知道的，何必不说实话呢，其实什么都不会流传下来。北周人画壁画，就重新粉刷墙壁，把西魏人所画的覆盖了。隋代人画壁画，又铲掉了北周人的画。我们又免不了把隋人的画抹掉。这跟沙州是一回事，无论是谁也没办法。"明月奴抬手指了一下他们身后的杨树，"这树很快就要落叶了，我们也没有办法让它不落吧?"

李大宾执意为涅槃窟建起了华丽的窟檐,并且不顾劝阻在窟檐的四角镶上了不久之后就会被人损坏、夺走的明珠和宝石。

巨大的卧佛像前面点了许多盏油灯,这让石室甚至比外面的白昼还要明亮。

灯火在燃烧中似乎具有了某种生命,并且令它所触及的一切都有了生命。在灯的辉映下,石壁上为释迦牟尼离世而痛哭流涕的百国王子,越看越像真实存在过的人。

在画一个异国王子时,明月奴画出了那个曾经揍过他的卖艺的粟特人,画出了他那一头火红乱发和怒视的、猫眼一样狭窄的瞳孔。他是一切的开始,他用表演七圣刀的方式哀悼佛陀的离世。

这个凶恶的粟特人,明月奴还记得他表演七圣刀的场面,轮盘就是从那里开始旋转的,一发不可收拾。

异国王子身后那个眉目清秀的佛陀弟子,他看起来很像李冉枝。

站在最前面,锦衣华服的中原王公,这个人看起来和贺兰副使一样,露出了忧郁的、沉思的神情。

在画上,贺兰副使看起来甚至也一点都不可恨了。

后来他无心再画这些悲悼的人像,就交由那些尚未离开沙州避祸的年轻学徒继续照着他打好的稿子描线,自己则去沙州城里筹措遣散学徒、匠人们的资金。

沙州城的宅院早先就被卖掉缴纳赋税,从哪得到这笔钱还得另想办法。

清早，天空微微放亮。明月奴把在石窟前边的草垛里打盹的大青马唤醒，牵着它往城里去。

一人一马步行走到沙州已经是中午。

原先百戏子演月光王本生故事的戏台前，许多衣衫褴褛的人拥挤在一起，像是又在演什么新戏似的。走近才知道是节度使阎朝派来的兵卒在征赋税，一户人家每人要交两斗麦、两尺绫罗、十五贯钱。

他们又路过多年前，明月奴和粟特幻术师打架的街口，临街的酒肆已经倒闭，连招牌和酒旗都掉在了地上。

这时候沙州市集里唯一还做得成生意的，除了买卖人口的人牙子，就是屠户。

几条饿得发慌的野狗正围着屠户的铺子打转。

"这马三十贯，收不收？"

屠户斜睨过去，又掰开马的牙齿瞧了瞧："二十贯最多了。马这么老，也拉不了车，不值那么多。"

"你买过去也不是指望它拉车吧？"明月奴问。

"说老实话，不指望它拉车，这么多人。"屠户指了指排着队交税赋的人群，"到时候要是被围了城没东西吃，说不定指着它救命。二十五贯，这马我收了。"

大青马温顺而缓慢地朝明月奴眨着眼睛。

明月奴抚摸着已经很老迈的大青马，用额头抵着它的额头，拍了拍它瘦骨嶙峋的脖子，然后从屠户手里接过了那个钱袋。

大青马的眼睛里映出了一排空空的铁钩子。

　　明月奴转身离开,集市的路变得古怪起来了,一时变得极宽,像是没有边际一样,一时又变得极窄,窄得只能一人通行。他顺着这条很窄的路走着,不知道走了多久,有一只手扑到他的脚上,一只细小、瘦弱、结着虫叮蚁噬的血痂的手,像梦里那些饿鬼的手,一下子扑到他的脚上,牢牢抓住。

　　他慢慢抬起脚,那只瘦骨嶙峋的手仍然抓着不放。

　　"你叫什么名字?"他低下头问道。

　　那孩子低着头,头发蓬乱,虱子跳动,上面插着一根草标,回答道:"薛铃子。"

　　"你姓薛? 你原先住在哪里?"

　　"城东门外。"

　　"你阿爷阿娘呢?"

　　"死了。"

　　"你阿爷原先是做什么的?"

　　"我阿爷是铁匠。"

　　"你阿娘呢?"

　　"我娘是湫河娘子。"

　　明月奴像是胃部被人打了一拳,天旋地转,直犯恶心。

　　"绿水是你的亲娘?"

　　"不是,是后娘。亲娘早就死了。你怎么知道她叫绿水呢?"

　　这才让他稍稍松了一口气。

　　如果说,当年杨武龄见到不满五岁的明月奴时,是被他身上有种不寻常的柔和的光晕一样的美所吸引了——当时,明月奴坐在死去了的丹伽罗旁边,几乎让杨武龄想起一个幼年的神,那么当明月奴现在见到和他那时一般大的薛铃子时,明月奴是被薛铃子身上那种怪异所吸引,薛铃子的右手多了一根手指,两眼分得很开,几乎像鱼类那样长在脸的两侧。

一个小孩子远没有一匹马值钱。明月奴和人牙子谈妥了,就朝薛铃子招了招手,示意他一起走。

薛铃子向他磕了一个头,喊道:"郎君。"

薛铃子朝他跑过来,就像他小时候朝着师父跑过来一样。师父总会笑呵呵地把他抱起来,扛在肩膀上。

明月奴心神一晃,心想这究竟是个什么道理,死去的一切都渐渐回来,并且在自己身上又重新生长起来了。

毫无征兆地,吐蕃和大唐沙州的战争又在建中四年末的初冬开始。建中四年的正月,唐与吐蕃在清水签订的和约就此作废。

所幸李大宾所建的工程浩大的涅槃窟,已经在建中四年秋天结束的时候全部完工。

许多庄户人家还没来得及打理秋天收来的谷物,收成就被突袭的吐蕃士兵或者烧毁,或者连着全家人一齐掳走。沙州各郡侥幸逃脱的人们,有不少被迫躲进了沙州城里。

沙州从来没有变得这么败落、肮脏而拥挤,并且谣言遍布。

吐蕃国王赤松德赞听到这些小小的捷报,心情愉悦,在都城逻些举办了不少庆典。

吐蕃将军尚绮心儿收到了这个消息,整顿了军队,也不无轻松地想,不久之后,打下沙州,他也可以回到逻些参加那些庆典了。

到了兴元元年,也就是第二年的春天,沙州城里的军粮断绝了。

节度使阎朝下令打开官库。

全城贴出告示:一段绫换一斗麦。

告示贴出的一天之内,前来拿粮食换绫罗绸缎的人,虽不多,也并不很少。

阎朝点点头:"沙州百姓大义,兵士有军粮,城池也还能稳固一段时间。"

当吐蕃兵士给攻城器械填装浸过油的柴草,并把它们点着,往沙州城墙上掷去时,明月奴用炭笔在地上画好了棋盘,拿小石头当作棋子,掏出骰子和薛铃子一起玩着六博棋。

薛铃子输了,百无聊赖地跳出石窟的门槛,朝栈道外面望着。秋天稀薄的空气里,远远地能看见黑烟从地平线上一阵阵升起来。

"郎君!吐蕃人又在攻城了!"薛铃子叫起来。

"不要看。"明月奴从后面捂住那孩子的眼睛。

"可是我已经看到了啊。"薛铃子说。

"那就看吧。"

明月奴松开手。

他走到墙壁上的线稿旁边,拿起画笔准备上色,可是眼前出现的不是石壁,而是其他的东西,不可能发生的事情。

墙壁泛起粼粼的波光,几乎像一个水面,水面上有倒影,不过那不是他自己的影子,那看起来像是沙州城的影子。

从外面环绕着这个城市的,并非是吐蕃人的千军万马,而是种着小麦和葡萄的良田,间杂着明晃晃的水渠。顺着大路走去,并没有古坟和荒丘,那些出没其间的,或者鹅黄或者粉绿色的幽灵也不再是幽灵,而是如同生人一样,言笑晏晏地朝城里走去。

他仿佛是俯瞰着城墙、瓮城、坊与市,连同许多或停或走的人。

表演七圣刀的粟特人仍然在表演七圣刀,贩卖香料的商贩仍然捧着货物四下叫卖,而安延那竟然也在,公子们仍然穿着锦绣四处漫步,李冉枝也在其中,贺兰泽也在,他们仿佛在看着什么。

他顺着他们的目光看过去,看到一个模糊的、很像绿水的身影。绿水竟然也看见了他,向他伸出手,他眼见那纤细的胳膊上生出了羽毛,像是索掌柜跟他说过的那种美丽的、善于变化的怪物。

一个完好的而并不存在的沙州城,里面安放着各种曾经存在但是被放弃了的生活。

明月奴从来没有这样希望自己能活着,好试着把所见到的景象描画下来。但是颜料一触及墙壁,就好像是毒液一样,顺着笔尖倒流回来了,一直流到他的手腕上,好像是渗到了血液里,而且顺着手臂继续上升,像一道极细、极光亮的火焰穿过他的胸口,又趁着他呼吸的间隙流到了嗓子上。他害怕,想要尖叫,但是什么声音都没有发出来,只觉得喉咙一阵发甜,开始不住地咳嗽。

在一旁洗笔的薛铃子忙抓起一块擦拭颜料的白布递给明月奴。明月奴抓过去把咳嗽声塞了回去。

他没注意到一些赭红色的颜料似的东西,正黏糊糊地沾在布上。

他轻轻拍了拍薛铃子的脑袋,又抓起那块布去擦拭墙壁。

一抹红色被晕在了壁画一角伎乐天的脸颊上,这个天人画像正是七年以前按照绿水的模样画出的。

绿水几乎又立刻站在他面前了,指了指自己,又指了指明月奴:"我就是你。"

"我是你变化出来的。"她又挂上了那副似笑非笑的迷人表情,"所以没有影子。"

这不对劲。他可没让这白布上沾过一点颜色。

"坏了!"

他伸手一抹嘴唇,见手上一片陈血,不禁暗暗骂了十多个"娘老子"。

明月奴突然想起符咒师给他治眼睛时的那些胡说八道——无论符咒师是不是真的说过——"阿郎呀,这个符咒能让你的右眼好起来;这一个呢,能让你两只眼睛都好起来,可能还会变得更好,看见你之前看不见的东西,你也就能画出来别人从来画不了的东西。前一个呢,我要你一锭白银。"

"你把我全部的家当都拿走,我要那后一个符咒。"明月奴当即脱口而出。

"后一个符咒不要钱,但是要你拿东西换。"

"拿什么换,我一定换给你。"

符咒师摇摇头:"不是跟我换,换什么也不是我说了算,是冥冥中的鬼神让你换,也可能什么也不让你换呢。"

那老符咒师真是胡说吗?

冥冥之中,当真有鬼神吗?明月奴闭上眼睛,长呼一口气,向那些冥冥之中的画师点头致意。

"我不知道,我不知道,我不知道……"他自问自答着,脑海里跳出极简单而荒谬的因果关系。有什么从边界那边来,就有什么要穿过边界换过去。公平得很。

原本的眼睛换来了可以看见色彩之秘密的眼睛。三哥换来了绿水和壁画。师父换来了贺兰家的败落。大青马换来了薛铃子。薛铃子？薛铃子可以换什么呢？他没什么用处，一个瘦弱的小仆役，没有学过几天画，他存在的唯一意义，就是可以呼吸，可以长久地、饱满地呼吸。在他呼吸的时候，不会像明月奴呼吸的时候，感觉到有一根根针扎进胸口。那个看不见的画师，那双从天上的裂口里凝望他的眼睛。他暗示明月奴，也许薛铃子的呼吸能换你的呼吸呢？也许你只需要想一想，你就能继续活下去，继续作画，而明月奴是绝不允许他继续这么做的。

他希望薛铃子能离他远点。远一点，就是安全的。

过了两日，董兴应约出现在千佛洞，愁眉苦脸得紧。

"董郎君。"明月奴很恭敬地朝他鞠躬。

董兴很是意外。他从没料到过，那个成日里惹事的小阿郎，竟然有一天也会叫他"郎君"。

"这是我的徒弟薛铃子。"明月奴把薛铃子推到身前，"其他能遣散的学徒和仆役，我都已经遣散了。这孩子没有什么亲人可以依靠，烦请郎君带他走吧。"

董兴难为至极："阿郎，我本身的银两也就勉强够自己和妻小逃出去，怎么能再带走这孩子呢？"

明月奴把一个小小的布口袋抛给董兴，打开一条缝就可以看见里面一片金光闪闪。

"这里是我全部的钱了，我卖了马，也卖了沙州的宅子，不夸张地说，你们就算是什么都不做，也可以过上好一阵子。"

董兴惊愕地向后退了一步:"这么多,我怎么能收?"

"你收下,带他走。这些钱对于我来说,用处也不大了。"

薛铃子瞧了瞧董兴,又瞧了瞧明月奴,他使劲地摇着头:"我不和他走!"

"我觉得你还是离我远些比较好,可以捡条命。"明月奴拿起矮几上的白布,抖了几下,布上赫然是干涸的血迹。

董兴自然地躲远了些,薛铃子却更想往他这边凑:

"可我还要跟你学画呢。"

"学画?我为杨武龄师父足足洗了三年的笔才开始学画,你要是跟我学,估计得洗上个十年八年的,但你只要为董郎君洗一年的笔,就可以让他教你,你自己选吧。"

薛铃子还要说话,却被董兴捂着口鼻,抱了出去。

天气越来越冷。

石壁的底部结了许多细小的霜花。千佛洞连同整个三危山都被洒上了一层灰白色。

白天的时候,明月奴往往会扯下一片布条蒙住眼睛,在黑暗中,在完全的黑色里,在他曾经十分熟悉的黑色里给壁画着色。

色彩不该是他所应该看见的了。

有一些记忆或者念头会断断续续地跳出来。

他想起最多的是那场街头戏剧,有一些当时甚至没有发现的细节,竟然历历在目。

演月光王的那个年轻的百戏子,许多时候一直在朝戏台下围观的众人身后怔怔地望去,他到底看见了什么呢?

他看见了什么,以至于在演月光王把头颅布施给婆罗门的那一场戏时,能表现出那种极为痛苦和解脱的神态?

还有那些饰演王后、王子和大臣的百戏子,他们怎么能发出那种令人肝肠寸断的哭声呢?

又或者更早一些,在七年前李大宾的开窟典礼上,来往的人们看见了舞蹈,听见了乐声,好像只有明月奴一个人听见了那种布帛撕裂一样的声音,注意到了天上裂开的那道口子。那时候他仿佛看见了一个花园。

当花园的景象退去,天上那道裂口里空无一物的黑暗和百戏子们见到的藏在围观者身后的东西,说不定是同一个东西吧。

夜晚,从壁画后面的岩石里散发出潮湿的气息,类似于河里的暗流、旋涡,或者一种不可捉摸的微笑。这让他充满了要和身后的这座阴郁的画之山融为一体的渴望。

有的时候,他又觉得是坐在李大宾的庭院里,天朗气清,云消雪霁。一个声音问他:

"为什么会有人一直在千佛洞画东西呢?"

他现在好像了解了,但是完全没有回答的意愿,也没有回答的力气,而在这个石窟外面还刻着朝散大夫李大宾的名字。可惜的是,李大宾和其他人一起被吐蕃人围在了沙州城里,也看不到他们曾经的戏言中最了不起的壁画了。

到了夜晚,千佛洞静得出奇也暗得出奇。时间在那些彩色的图案间来回浮动,似乎时而流动得极快,时而又极慢。

　　这个小石窟东面壁画完成的时候,已经是兴元元年,公元七八四年的晚春。

　　这也许是很久很久之前的一年。春天的时候沙州会下雨,城里满是泥泞,被掩埋在雪下一整个冬天的污秽暴露了出来。渐渐回暖的天气再次给沙州带来了鸦青的天色,还有从融雪下面显露出来的斑斓的破衣服、钗饰,倒塌的屋顶或者篱笆,甚至是被冻饿而死的鸟兽或者人的尸体。

　　然后风吹来了。来来往往的人走得太快了,根本分不清这风是从哪里吹来的。

　　大家就这么在风的上面,或者在风的下面走着、跑着,根本不知道自己要去向哪里,可还是不得已地移动着双脚。

　　忽然,从铁蓝色的风的后面,出现了一道城门,城门里驰来了一队猎手,弯弓搭箭,追赶着前面一头奔跑的白色公牛。

　　公牛中箭跌倒,化作一座城池,身后的猎手消失了。而不久之后,城门又打开,跑出另一队骑手来。

　　风无处不在,环形地旋转、上升。

　　半梦半醒地,明月奴的手在石壁上移动。

　　明月奴想起,这仍然是那幅西魏年间的壁画上发生的事情。不过也可以说它是在兴元元年间发生的,尽管北朝的西魏离兴元元年已经有两百多年了,但是这些似乎也正在他面前的画上发生。它好像发生过了,同时也在发生着,也可能是将要发生。

　　在石窟的外面,时间仍然正常行进。大雨来来回回地拍打着蒺藜和野草,旷野上升腾起不祥的烟雾。

偶尔会有一两匹野马,也可能是从吐蕃人那里逃跑的骏马,在沙州城外的旷野上绝尘而去。

这些事情都发生在很久以前,距今也已有一千二百多年了。明月奴那时二十七岁,他并没有像人们所预见的那样长成一个俊美而英武的青年人,而是同千佛洞的所有画师一样,变得消瘦、苍白,有点佝偻,沉默寡言,贺兰副使在他眉骨上留下的那道刀疤还让他看起来有些吓人。不仅如此,他还从师父最后的呼吸里忠实地染上了痨病,这种疾病善于忍耐,仿佛死亡的过程如同绘画的过程一样,是一门可以学习的技艺。

娑婆世界

公元七八六年的上元佳节那天冷得出奇,吐蕃人骑着高头大马攻进沙州城。他们披散的卷发上挂着绿松石和干尸骨,每个骑手都在太阳下裸露着一只青铜似的孔武手臂,上面遍布刺青。他们三五成群地呼啸着,声音尖厉如同鹰隼的鸣声。

这么美丽、强健、凶残、嗜血的敌人,沙州城很久都没有遇见了,许多人不久前还觉得,莫说今生今世能见着他们,就是再在人世间轮回八次,都是不可能见到他们的。可是,沙州城像一个被太阳晒软的蜜瓜,流出酒般香醇的汁液。

在这之前,吐蕃人的大军已经如同箍酒桶的铁圈一样,把沙州围得严严实实,并且不断地向城内投掷着箭矢、硫黄火和岩石。

城外的箭雨一起,城内的平民就仓皇地找掩体躲藏,铺天盖地的攻击一过去,路上总会多那么几具被石头砸烂脑袋,或者被箭牢牢地钉在地上的尸体。

吐蕃人一直到晚上才退回一里之外的营地。

白天交战时城里被点燃的房屋还在噼里啪啦地燃烧着。

　　全城人都因恐惧而陷入一种亢奋的癫狂状态,酒肆在夜里重新开张,没有酒了,就卖起干净的水来,酒肆的生意远远好过往日。人们轻快而神经质地在大街小巷里游逛,手脚做作地摇动,仿佛是一群台上的百戏子。晚间吃饭,灯和蜡烛是全熄的,黑暗里传来咀嚼食物的声响。有时从遥远的街巷里飘来小儿的夜哭,细细窄窄,然后,隔壁就会响起女子的轻声抽噎,紧接着男人们也哭了起来,咒骂了起来,有门打开又关上,惊慌失措。最后,一切都归于令人无法忍受的寂静。

　　后来祆教徒开始焚火祷告祆神,城里的几个角落散出幽蓝的青烟。佛教徒昼夜不息地诵经,比丘和比丘尼们纷纷将名卷经文集结挑选,找出孤本、典籍,捆成一摞摞运走,以免这些诉说世界之外的世界、生命之外的生命的学说毁在吐蕃人手中。藏匿经卷的地方千奇百怪。而在千佛洞,有人把先前修好的佛窟连同壁画砸烂了,再凿出洞来,等到那洞被经卷文书填满了,才把洞口封上,糊上白泥,再临时画出遮掩的画来。还有人把经卷藏在自己恩师涅槃已久的金身里。高大的泥塑佛塔里面被掏空,堆放起法器、舍利、木刻、抄本,信徒们那些再也来不及实现的愿望,那些隐秘的日子,那些转瞬即逝、微不足道的生活。

　　没能来得及离开的官府衙门的官员小吏们,也赶来凑了凑热闹,把一些悬而未决的诉讼文书,甚至官库账本,连同自己府邸里的宝贝也一齐找地方藏起来,或是四处托人,期望能把它们运出城去。

　　"嗨,等过几个月大唐派兵来救我们了,这些劳什子就能拿出来了。"

他们说着,向对方宽慰而疏远地笑着,抖着被缝补过许多次的破旧袖子,心里清楚,大唐根本就没办法派兵来救他们。

"可不是嘛!长安那边再派个将军来,和节度使里应外合一下,两下把吐蕃人就赶走了。"

在即将到来的血河地狱的边缘,天人们也郁郁葱葱地生长了出来。

沙州城中的居民渐渐连哭声都不再有了。

他们纷纷开始盛装穿戴,拜会仍然幸存的亲朋,街上衣香鬓影,广袖罗纱,宛若仙境。

夜晚,因为灯火稀少,月亮显得分外巨大。因为临近上元节,它几乎是一个圆形,发出象牙白的光泽,几乎要把天空下的一切碾得粉碎。

沙州人三三两两地或者坐在院子里,或者坐在门槛上,凝望着月亮,期望它真的能掉落下来,碾碎一切,结束一切。

节度使阎朝像金刚力士一样伫立在沙州罗城门,俯瞰下方城壕里的黑水。

到了晚上,吐蕃人的营火在两里之外的地方依稀可见。值夜的校尉们一见到火光渐渐熄灭,就连忙吹起号角,通告大军准备应敌。

等待末日来临太痛苦了。

在夜晚休战的时候,往往会有老年人溜出城去,自行入墓。城外的田地荒废,反而是野草长得半人高,显出灿烂的金色,像佛经里说的极乐世界里的自行生长的麦田,野草开始结穗,沉甸甸的,如同谷物。说来也奇怪,原先被怖畏的死亡,往往在这时,变成了喜乐的选择,甚至有妇女扼死了自己新生的婴儿。有高大的铁匠,突然二话不说,把刚铸好的剑直接扎进自己的胸口。而奉命前来取剑的士兵,见到这一幕,直接从尸体上拔出那把剑割断了自己的喉咙。

无论是城内还是城外,尸体都堆积起来,有半个矮墙那么高,血液和不知道是什么的液体,在地上曲折流淌,还像小溪流那样冒着水泡。

用来消除气味的硝石已然不够了。

吐蕃人围城的最后一个月,整个沙州发出腐烂的蓝光。在夜里,磷火在城墙四周跳动,像一块块光辉惨淡的宝石。

雪落在城外,落在大泉河东面的塔林上,落在那些贴着金箔的圆塔顶上……

雪落在疏勒河结冰的河面上,水下有许多落水的兵士尸骸在浮浮沉沉,沙州人没有别的水源,仍然从它流经城内的部分凿冰取水。

雪锲而不舍地飘落着……

没多久,疫病随着雪一起造访沙州,这样的疫病在冬天十分罕见。

为了防止疫病扩散,兵士们除了应敌,还四处搜查发着高热的、药石无效的人,统统杀死扔到城外,好容易才没让瘟疫蔓延。

城内一时哀鸿遍野。

　　尚书郎和兵马使们纷纷在节度使阎朝面前拜倒："使君,这仗实在是打不下去了!"

　　阎朝询问的目光渐次地扫过散落在城墙和塔楼四处仅存的兵士。

　　而城墙下面的吐蕃骑兵仍然兵强马壮。领头的不是别人,正是吐蕃将军尚绮心儿。阎朝知道,这仗是真的再也打不下去了。

　　"将军!"阎朝向着城下喊话,"可否稍缓攻城,先同我一议?"

　　城楼下的吐蕃人搭箭便要朝着城楼上的阎朝瞄准,尚绮心儿阻拦了:"若是能兵不血刃取得沙州岂不是更好?"

　　"使君想要谈什么呢?"尚绮心儿喝令军队肃静,朝城楼上用汉语回道。

　　"不瞒将军,若是你们善待沙州百姓,不把他们收作奴隶,徙往异地,"阎朝说到这里,长叹一口气,"我愿领兵献城,归顺吐蕃。"

　　"我们要是做不到呢?"尚绮心儿笑道,扯了扯缰绳。

　　"那我们就会毁掉整个沙州,让你们什么也得不到。"

　　尚绮心儿点点头,思忖了一会儿:"甚好,那请使君令众将士放下武器,打开城门吧。"

　　吐蕃人进城之后狂欢劫掠了好一阵子,待到消停下来,开始了对沙州的管制。士族们得到了礼遇,但是也少不了被征服者羞辱一番,他们被要求左衽披发。士族儿童们被要求说吐蕃语言。不久之后,这些柔嫩而白皙的孩童开始有了被风吹红的脸颊,他们开始在学会朗诵"麟之趾,振振公子"之前,就已经学会高声用吐蕃话唱一些高亢悠扬、白石头一样脆生生的土蕃民歌。有一些甚至和吐蕃头人的孩子们打闹玩耍,用日渐强壮、粗糙的手指拽住羊羔的短尾,在草丛里捕捉野兔。

百姓就没有那样好运了。他们被分批编入吐蕃人的部落,为吐蕃领主牧羊,挨鞭子是常有的事,被拔舌头或者剥掉小腿上的皮做箭筒也不少见。还有的吐蕃头人把庶民的妻女拖到自己的帐篷里,几天之后再像扔一只只口袋一样从帐篷里扔出去。

吐蕃人来到沙州,也带来了他们的诸天,那些高原神明性情古怪,神通广大,变幻不定。他们喜欢血,也喜欢各式各样的皮肤、头发和骨头。虽然赤松德赞王已经下令以佛教为吐蕃国教而禁止苯教,但是在沙州这么偏远的地方,一两个信奉苯教的将领和随军的咒师已经开始侍奉他们井中和水源地的龙神,还有些没有名字的、白石头里的过路神明。

这一天,有两个苯教咒师四处闲逛,在一个畜栏里,看见了和动物们一起争食的、身材魁梧的颜料坊主的痴儿子。

痴儿子见到有两个人来了,嘿嘿傻笑着迎上去。

"就他了?"

"就是他了!"

于是咒师打发来两个人,把痴儿子像猪崽一样,四脚绑在一根扁担上面抬走了。

咒师们用来祭祀的法器有了着落。

吐蕃历法里五月十五的时候,随着军队迁来的吐蕃兵士的家眷们过起了他们的节日。他们在青青的河岸边,焚烧艾蒿和柏树的枝条,把清水和贡品奉献给河里和山上的神灵。

参加过之前战争的人,往往会把烧剩下来的草木灰和清水混在一起,涂抹在自己身上,大意是这样就能洗净征伐者身上的血腥气。

待到焚烧艾蒿和枝条的烟雾散去,参与的人一齐唱起了歌,非常动听。

索阿乙就是在沙州城外疏勒河的对岸听见了这样的歌声。

他随一队香料商人从西州回鹘那里返回。这些商人已经在回鹘待了数年,此行是要带着积蓄回故土洛阳。

"这样好听的歌我们也唱得呢。"

"那你唱唱看啊!"

"虽居——燕支山,不道——朔雪寒……"带头的年轻人唱了起来。

"这是什么歌啊?"索阿乙驱赶着几匹马。

"还是李太白几十年前作的歌,"商人们说,"叫什么《幽州胡马客歌》,近来京洛一带又有什么新歌,我们倒是不知道了。"

"写得真是好!你看你们带来的这些小娘子,可不是面若赪玉盘吗?"

商人们听闻,哈哈大笑,策马往河对岸去。

"他们抄近路往沙州那里走,我们难道也跟着去吗?"索阿乙的妻子拦住了他。

"为何去不得?这沙州城看起来并没有反常的样子。"

"我们不能去了。"他的于阗妻子摇摇头,"你没听见,先前河对岸唱歌的不是你们汉人吗?吐蕃人说不定已经把沙州城打下来了。"

"如果打下来了,吐蕃人反而更不会为难我们这些来往客商的,赞普禁止士兵四处劫掠。"索阿乙执意要去,"几年前我受明月阿郎的托付,要为杨武龄找药材。现在药材没有找到,我总得设法把定金还给他。"

"那你听我的,且在这队伍的最后慢慢走,先看着他们过了河再说。"

商人们的马队已经踏上对面的河滩。突然传来一声惊叫,只见之前还回头朝他们招着手的那个小娘子直接从马背上翻了下来,面朝下落到河滩上,背后插了几支箭。

"不好!"于阗女人立刻扯住马缰绳,让马卧倒在河这边的芦苇里。

索阿乙和妻子战战兢兢地躲在芦苇丛里,捂着对方的嘴巴。只听得河对岸不断传来刀剑相击的声音,然后是人的惨叫声。

过了好久,他们才敢从芦苇丛里起身。索阿乙涉水走到河心,水漫过他的膝盖。对面的河滩上还遗留着一些被抢夺一空的箱子、布袋,先前一起走路的年轻商人们和他们的家眷、仆人,都变成了一地的残肢断臂。

"临近沙州的盗匪趁着乱全都出来了。"索阿乙走回河这边,脸色惨白。

"你想找的人不一定还在沙州城里。"于阗女人说,"就算是在城里,现下也不一定还活着。"

他们在芦苇丛中躲了一夜,第二天晨光熹微的时候,两人蹑手蹑脚地牵着马,远离了沙州城。

"你在哪里呢,明月阿郎?"索阿乙很久之后还会时不时想起明月奴。

　　说到这,我们得先回到吐蕃军队进入沙州城的那天,贞元二年,也就是公元七八六年的上元节。

　　临近傍晚,一部分吐蕃人醒悟过来,除了沙州城,千佛洞也是一个可以找到好东西的地方,他们就偷偷出城往那里去了。

　　夜里,鹅毛大雪从天上倾倒下来,扑在这些奔跑着的兵士脸上。吐蕃人先闯进北边洞窟,画师们和禅修的僧侣们曾住在这里,有些东西也就埋在了他们生前暂住、修行的地方。他们希望能在这里找到意想不到的财宝,但是并没有找到什么值钱东西,就一路顺着三危山往南边洞窟去。

　　"早听说唐国的朝散大夫李大宾有的是钱,可不是吗?你们看,连这里都是金子的!"一个吐蕃人突然指向涅槃窟已经有些积雪的窟檐。

　　其余的兵士听见这话,正想搭起人梯撬掉窟檐上那些描金和宝石,却被十夫长喝止了:

　　"赞普崇佛已久,将军又军纪严明,一定会来千佛洞查看,朝散大夫的这个涅槃窟毁坏不得!"

　　至于山上星星点点的其他石窟,他也就不多加管束了,放任他们随心所欲去寻找宝藏。

　　吐蕃兵士一哄而散,举着火把就往栈道上爬。

　　在北边和南边洞窟交界的地方,有一个稍显简陋的、木门虚掩的小石窟。

　　"供养人,西凉兴圣皇帝十三代孙、朝散大夫李大宾……"出身贵族、略通汉文的吐蕃兵士趴在石窟口的铭文上念道。

"唐国大官造的,这也是那个唐国大官造的,指不定有好东西呢。"

为首的兵士一脚踹开了石窟前的木门。

黑暗中摆着一张堆满纸张的矮几,那些纸被从门外扑来的雪花卷得飞旋起来,矮几上一个陶瓶里,斜插了一截枯树枝。

有个人趴在矮几上,像是喝醉了。

兵士又对着那人脑袋补上了一脚,但是他没什么醒转的迹象,毫无声息地倒了下去,看来不是喝醉,是死了。

吐蕃兵士们这才接二连三地钻进门去,环顾四周。

那四个吐蕃汉子都看到了些什么呢?我没法在这里跟你们描述。因为他们的说法不一。

他们踢开木门,闯进那个小小的石窟,只觉得有色彩的洪流裹挟着他们,把他们各自裹挟到不同的地方去。

有一个人说,在壁画的中间,他明明白白地看见了一个起舞的瘦削女子,她幻化成绿度母,双手持莲花,有咒文鸣于耳中,顿时那些嫉恨、惶恐一并消失无踪,他的手指再无持刀的力气。

另一个人说,他恍惚看到了一轮明月,随那明月在山上流转,他见到了故乡。隐约地能分辨出一道生满青草和花朵的斜坡,那是他小时候部落每年都会去驻扎的夏牧场。那个部落后来被从跋布川迁徙来的大部落毁了,但是眼前好像又恢复了原来的样子:被大部落的头人焚毁的自家帐篷又支在一块背风的石头后面;谷地里早已断流的小溪又变得青碧璀璨,离世已久的父亲又担着两个木桶,从斜坡走下去,摇摇晃晃地到那里汲水。

而有一个人却坚持说,他看到的洞窟里空荡荡一片,平坦的黏土墙壁中间只有一扇门,幻梦中他走上前去,伸手推开,谁知道门里只有同一个洞窟,同样一扇紧闭的门……他感到恐惧,但是仍然控制不住地往前走去,一重一重的门,没有穷尽。

还有最后一个人说,他见到一对骷髅拿着铃铛,身着彩衣,载歌载舞,跳着跳着,逐渐变得面目如生。

一瞬间,他们见识了百千种善,百千种恶,百千种介于其中的色彩艳丽、扭动纠结于一起的事物。

"这是……"

"这里面一切都是完整的。"

"这是神迹。"

"这是邪术。"这时一个留着络腮胡的中年人走进来,吓得四个年轻兵士转过身来。

"这是美……"

"吃人的罗刹女不也是美丽的吗?"那个年长的军官说,但是他本来挡着同袍们不让他们继续爬进洞窟的手臂也不知所措地慢慢落下来。

"这东西,根本就不该在世上。"

这东西的确也没有在世上停留多久。无论他们看见了什么,这东西都只存在了一瞬,然后就永远地消失了。

四个吐蕃兵士和他们的长官在幻觉和狂喜中敲下了所有的画作,试图把那画上他们失而复得的东西带走。他们把那个洞窟里死去的画师忘得干干净净,忘掉了他额头上缠着的布条,那布条底下挡着的一蓝一黑的奇异眼睛还睁着,仿佛在问:为什么? 为什么是我呢？这究竟凭什么？

为什么呢？

一个干燥的严冬会让死者的眼窝凹陷下去，皮肤如同牛皮纸
一样紧绷在骨架上，紧接着，一个多风的春天会把它们剥落下来，
像剥落泥塑上的颜料。最后，几十年也会过去，几百年也会过去，
这个瘦小、年轻，也曾很美丽的身体会消失殆尽，只剩下几片白花
花的骨骼，连同他那身浪荡子的衣服，在春天沙尘刮起来的时候，
在石窟里发出空洞骇人的响声。

镇守沙州八年之久，最后迫不得已只能投降的兵马使阎朝这
时候在哪里？

史书里是这么写的："赞普后疑朝谋变，置毒鞾中而死。"

主动投降的阎朝在明面上得到了吐蕃人的"封赏"，"大唐河西
节度使"成了"吐蕃河西节度使"。

"赞普请节度使大人去王都逻些赴宴。"从逻些赶来沙州的吐
蕃使臣说。

阎朝环顾了一下，叹息道："那今日我就同你们一起走吧。"

"还请使君令夫人、公子和女公子们也一起随行。"

阎朝眼中些许微弱的光芒彻底熄灭了。

次日，阎朝换上吐蕃官服，骑上他原先的战马，而他的妻子、儿
女乘上了后面的马车。

马车和仪仗，连同押送他们的吐蕃卫兵们，行到青海境内湟水
谷地已是傍晚，阎朝突然命令安营扎寨。

第二日,天还没亮,他从袖筒里拿出几颗小药丸,分给他的妻子、儿女。

阎朝的妻子拿起一颗,端详了一下,放进嘴里。

"夫人……"阎朝紧紧地攥住她的手,缓缓地跪了下来,把脸埋进了她的裙角。

"阿爷,这是什么? 甜酥吗?"阎朝的小女儿拍了拍他颤抖的脊背,举着药丸问他。

阎朝闭上眼睛,扯了扯孩子的两个小环髻,朝她笑了一下,站起来转身出了帐篷。

这大概是他最后能为沙州城所做的唯一的事情。

必定有消息传出去,说是吐蕃人谋害了他和他全家,沙州旧族定会怀恨在心,时机一到,就会起兵反抗。

清晨,阎朝出了营帐,远远地眺望了一下湟水灰色的波浪,吃掉了自己的那颗毒药,仰面倒了下去。

沙州名士李大宾又在哪里?

他就常常披散着头发坐在自己的庭院里。

李大宾的眼睛不知道怎的不好使了,李大宾的眼睛甚至渐渐看见了像当年明月奴的眼睛看见的一样的幻象。李大宾甚至有了一种错觉:这种奇妙的幻象根本不是疯狂、愚蠢或者虚幻,而是给困惑不解、痛苦难耐、毫无希望的人的某种奖励。李大宾看见的是整个裂开的天空,而天空的裂口后面是一片黑色,什么都没有。

后来像下雪一样,白色开始星星点点飘落在这一片空虚之上,然后其他色彩又开始渐渐出现。

他看见色彩仿佛汇集成一支正在过河的马队,那马队前后大约有二十人,有商人,有他们的妻子和仆役。李大宾还看见了些别的什么。李大宾仿佛看到了那个失踪了很久的年轻人,他仿佛也在那个队伍中,他远远地朝坐在小院子中间的李大宾挥一挥手,也骑马到河对岸去了。

侥幸在围城期间幸存下来的李家的家仆和杂役常常聚在一起议论:"李府君被吐蕃人逼着改发易服,连汉人的衣服都不准他碰了。他哪里受得了这种屈辱呀?现在神志都不清醒了。好好看着他点,别让他寻了短见!"

李大宾的结局就是这样的。

早早就跑出沙州,杀了人的商人安延那到哪去了?

神爱已经跑到很远的地方去了,他和他的商队到达过只有传说中才存在的西海,那由云构成的水域。在外行走五年以后,他回到长安定居。他写过他的经历,用他会的五种语言,他谈起人跳进去怎么也沉不下去的黑色的大湖、云中的石阶、土地里生长出盐和金子的海岸,这些故事和他卖的货物一样,半真半假。他从没有提过自己曾经杀过人的事。他平静而富足地生活,直到一个晚上,他所不信的祆神、佛陀和一切山林水泽的异教神灵,同时对他说话了,对于旅途的渴望折磨着他,使他常常在半夜惊醒,全身汗涔涔。最终他毫无征兆地抛下了在长安的一切,南下泉州,准备随船渡海前往他未曾去过的南海婆罗乃洲,之后再也没有人见过他。有的人说他已经死了,从远远的甲板上,看到他乘的船陷入海上风暴的正中,而他,攀在桅杆的高处,朝着闪电,发出凶猛的狮子一样的笑声。

二十年后却还有人声称曾见过他,说他仍然活着,并且非常富有,娶了一位婆罗乃公主,并在那里建起一座宫殿。因为这人曾在那里见过有一些十几岁的少年王公,有着深褐色的婆罗乃人的皮肤,和翡翠一般的西域胡人的眼睛,身姿矫健,容貌端丽如同天神。

也有人,比如沙州管户籍的官吏,就坚持说,从来就没有过这样一个人,这个叫安延那、自称"神爱"的人根本就没存在过,理由是从来没有人登记过这样的名字。

我们的另一个生意人又在哪里呢?

索阿乙和他的妻子迁到了中原宋州,他们用明月奴赠的他没能来得及归还的白银在乡间置了地和房产,不用再做行脚商奔波劳碌了。后来他们又有了一个儿子,这儿子很聪明,五岁能诵诗百篇,二十来岁的时候做了官。当然这些都是后话,像一切平凡人的生活。

曾经十分看不起明月奴的画师董兴,带着明月奴的徒弟薛铃子逃到了西州回鹘那里,在那里继续为佛窟画像。薛铃子天赋异禀,在画师中间时常还流传着这样一首谣曲:

"六指薛铃子,沙州明月郎。点石碧云生,落笔白壁光。"

住在石窟附近说突厥语的人把西州城外火焰山山腰上的这些画叫作"伯孜克里克"。

有些人的结局是再也不为人知了,比如那个买下舞女绿水的老妇人,还比如颜料坊的老板和给明月奴治病的那个符咒师。

　　至于沙州城本身的结局嘛,沙州城不会有结局。许多时候,沙州城只是在那里,像一盏黏土灯台上的微弱火苗,永远、永远地亮着。

　　一千年后,大唐宗室子李冉枝所画的孔雀明王还在石壁上拈花微笑。这是我亲眼所见的。

尾声或河的另一边

上元节前一天星光朗朗,夜里,北风卷下了所有的星星,把一些卷到了灯台里,把一些卷到了雪地上。

明月奴趴在矮几上睡着,突然一双细长的手把他摇醒,被摇落的满桌画稿纷纷飘散,回旋起来,如同佛祖讲经时的一众声闻,缘觉、伎乐天。他一睁眼就看见李冉枝立在他面前,心里觉得有些不对劲,却总也想不起来为什么。还没等他开口,铜镜里的影子就使他惊住了。明月奴原以为自己是个痨病鬼的样子,形销骨立,貌如罗刹,谁知道铜镜里竟然映出一个琉璃碧眼、鸦雏双鬟的少年来。

他闻见一丝不属于冬天的气息,下意识地朝右手边看过去。那插在瓶中的杏树枯枝,竟然洋洋洒洒地开满花朵。

他听见李三郎对他说:"吐蕃人攻进来啦,我们要快点逃走。"

他说:"啊,真的假的?"他慌忙起身披上衣服,把母亲送给他的帽子扣在头上。

什么?母亲送给他的帽子?是那顶圆圆的毡帽吗?这帽子好

像很久以前就丢掉了,仿佛是掉到河里被水冲走了,为什么又会凭空出现?他想不明白。

"快快快!没时间想这些了!我们得快走!"李冉枝一把拽过他,从石窟里钻出来。

他问:"那师父呢?师父怎么办?"

他记得,师父年纪大了,腿脚不方便。李冉枝说:"师父早就出城了,他老人家跟一帮汉家商人一块,在城南的沙丘后面等着呢!"

城南的沙丘?是疏勒河旁边有芦苇的那个沙丘吗?

他迷迷糊糊地打点行装,那些衣服拿起来那么轻,比花瓣还轻,比雪片还轻,比轻还轻,状若无物。

他觉得有点想哭,突然师父也就站在他跟前了,在一片完整的雪地上,胡须花白的师父朝他和气地笑着。

他看到师父了,师父还是老样子,一点也没有变老,也没有生病的样子。难道他之前全记错了?之前全是一场噩梦?

大青马不是已经在早市上被他卖给杀马的贩子了吗?它难道不应该已经被分成几块,挂在肉食铺子的铁钩上了吗?怎么现在看起来还是马驹子的模样?这里有太多的事情他想不明白,也想不起来了。

远远地,明月奴的脑海里竟浮现出一些事情的碎片,这些事情有些只不过令人难过,有些却摧心折肺,令人肝肠寸断。可是眼泪总算没有流到脸上,而是向心底里流去,然后就彻底不见。他怎么也忘不了的是敦煌正月望日千佛洞的燃灯节。正是在那里,他第一次见到真正的色彩和光明。他当时五岁,师父牵着他,千佛洞的每一个窟里都点着油灯,窟前竖立着一排排银色灯轮,而最令人吃惊的则是那几棵高二三十尺的百枝灯树,它们不计后果地向夜空伸展着枝条,燃烧着,燃烧着,燃烧着。

他回望过去,惊讶地发现,那些很久以前的百枝灯树又出现在他身边,比他记忆中的还要巨大、美丽。蜡烛、火把和铜质的枝条因为燃烧,发出了他从来都没有听见过的极其凄厉的嘶鸣声。

原来木石也可以发出这样的叫声?

他好像明白了,色彩、光明、向往、期待,全是人世间的痛苦之源了。那痛苦本身呢?人为什么会痛苦呢?人是因为有向往才痛苦?又或者……没有什么原因?

在他这么想的时候,那些百枝灯树又渐渐熄灭,渐渐消失。

于是商人们和家眷们,老画师和两个年轻的画师,骑在各自的马上,缓缓地走向远处青蓝色的山峦。

千佛洞被甩在了后面,沙州城那冒着黑烟的城墙也被甩在后面了!沙州城啊,吐蕃人不知已经揪住你的哪一个女子的头发,把哪一个婴儿摔死在城墙下面了!异族军人们拥入被攻城器械砸塌,又被火熏黑的城墙的裂口,像从畜栏中拖一只只牛羊一样,从屋里拖出沙州城的居民,把他们的手用麻绳捆在身后,然后十个五个一组拖到街上。明月奴清楚,这的的确确是他之前所画的《地狱变》造成的景象,他曾经趴在岩壁上,一笔一笔地描绘出这景象,城池燃烧的黑烟、暴乱,被兵士凌虐的居民们。

他想抬起袖子来,擦掉那些黑烟。但是手在抬到一半时停下了。

"不毁灭,无创造。"明月奴无声地想着。

而在这里,令人惊奇的事发生了,三哥望着他,仿佛听见了他先前想着的那句话:"难道创造就得先毁灭? 这是你认为的一切吗?"

明月奴摇摇头,慢条斯理地说:"在作画的时候从来就没有一切的真理,有的只是看法,而能令事情成就、万物运作的,也从来不是真理,而只是愿望。"

"所以这些都是你的愿望。"李冉枝指了指四周,"这就是你的画,变成画之前的样子。"

明月奴从顿悟的狂喜中,从漫长的劳作中终于回到了尘世,他突然发现,自己似乎也是可以在这里生活,也可以像青色的远山一样幸福的。太迟了吧? 也许并不迟。虽然长年累月地在脚手架上作画,以至于腰背微微伛偻,可是自己仍然是个眉眼清秀、手脚灵巧的青年人,当他翻身跃上马鞍的时候,商队里竟然有几个女子羞怯地垂下睫毛,目光闪烁。

马队匆匆前行,直至他们确信离沙州城已经足够远,才缓下脚步。

"三哥! 三哥! 我们这是往哪里去?"

"我们往祁连山,到我的牧场那里去呀。等我们过了河,祁连山就不远了。"

明月奴觉得很奇怪,祁连山不是被吐蕃人的将军占据着吗? 为什么还可以去祁连山避难呢? 但是这念头也只是闪现一下,就立刻消失了。

"那我来做客,你可要好好招待。"

"我以前跟你说过什么来着?你可以在我的帐篷里住着,我亲自来给你温酒!"

然后他们都大笑出声,明月奴很惊异,往年他大笑出声的时候,总感觉能听到回声,就好像被放出去的笑声碰到了某个看不见的墙壁又被弹回来一样。而在这里,笑声并不会被弹回来,而是像一缕荻花,被风吹向广阔的河面,击水数下,又飘转远去。

这时从天上一点点飘下雪来。雪不紧不慢地下着,就像有许多只手忽隐忽现、不急不缓地描画着壁画上的墨线一般,远处的小丘渐渐显出珠白色。借着朦胧的月光,可以看见马匹留在一层浅雪上的淡淡的脚印。

离开沙州城已经非常遥远时,月亮升到头顶。望着洁白的月亮,明月奴突然想起自己的母亲,他这么一想,就听见有人弹起琵琶,莫名其妙地,他的衣襟稳稳接住了一片玉兰花瓣。

他知道这大概就是母亲在弹奏琵琶。

他们走了一晚上,也许走了一整个月了。想来早已到达河的对岸,河的对岸什么都有,小麦自然生长,树上生衣,河床遍布美玉,蓝如回青的天穹中,乐器自行演奏。佛陀释迦牟尼想必也是在河对岸出生长大,并在那里的某棵树下得到瞬间觉悟的,难道这河不是大泉河吗?世界上只有一条河流,那就是你从未渡过的那一条。

在他附近三三两两骑着马的人,商人们和他们的妻子嬉笑着。

那些面孔白皙、却被北风吹出淡淡朱红和点点雀斑的妻子是多么美好呀,那么容易就让人热泪盈眶,或是如同被箭矢击中一般晕厥过去。一生中总有那么一些过错、智慧或极美的事物,是谁都无力承担的。

走着走着,年轻的商人们唱着歌,那歌的作者是多年前一个叫李白的诗人。明月奴听他的三哥说过这位眼睛明亮如同老虎和星子的诗人,三哥还说过,这诗人的儿子和你一个小名,也叫明月奴。三哥是不是在暗示,这位诗人才是他的生身父亲呢? 那是不可能的,李太白在他出生时,已经死去许多年了。但是在河的对岸,没有什么是不可能的。换句话说,在河的对岸,这些就不再重要了。

当他想到母亲的时候,母亲就真的出现了。母亲看起来不再像母亲,甚至不再像一个女人,也许,像一个孩子,像一个父亲,像老者,或者少年,甚至连人都不是,像一棵芦苇或者一片绿叶。或者可以走得更远一点,像一块石头、一扇破旧的柴扉、一个土灶、一把剑,可以是一个词、一种颜色、一个眼神。而一个人只是一只木头水桶,无父无母,没有性别。如果被扔进井里,想要提上多少水来,必须要坠下去同等重量的石头。

马匹开始蹚过河水,薄薄的一层浮冰在河边的石滩上颤动,没错,这就是那条河,河水平静光洁,如同丝绢一般柔软。马蹄涉入水中时,大青马轻轻地嘶鸣起来,可能是因为河水太凉,它一连打了几个响鼻。明月奴俯下身轻轻抚摸着大青马的鬃毛,用皮袍擦去马嘴边的白沫。这简直不能更真实了,而最真实不过的是,这一切都像从前一样毫无意义。他抬起头，几乎回到他刚出生的时候，摇摇晃晃，躺在小小的篮子里往河心漂去，不过，这一回，是永远不会沉没地往河对岸漂去。

在漫山遍野的雪里，在祁连山多情凝视的眼睛下，他们唱着，唱着，全无痛苦，也无妄念：

……
虽居燕支山，不道朔雪寒。
妇女马上笑，颜如赪玉盘。
……

河的对岸到了。

2018 年 6 月修订